와인은 참치마요

권으늦중

와인 에세이

와인은 참치마요

와인은 참치마요

1쇄 발행 2023년 12월 4일

지은이 : 권은중

일러스트 : 김수우

펴낸이 : 김영경

펴낸 곳 : 쏠딴스북

출판등록 : 제2021-000088호(2021년 6월 22일)

주소 : 경기도 파주시 탄현면 헤이리마을길 82-91 B동 202호

이메일 : fuha22@naver.com

ISBN : 979-11-984168-4-1 03800

들어가며 ≫

'천명을 안다'(知天命)는 50세에 정년이 보장된 언론사를 그만두고 '외국인을 위한 이탈리아 요리학교(ICIF)'에 요리 유학을 떠날 때 모든 것이 불확실했다. 20대 청년 때 느끼던 불안감이 다시 들었다. 내 주변을 가로막고 있는 수많은 벽을 온몸으로 부딪쳐 무너뜨리려다 좌절하고 다시 일어나 또 벽을 부수던 그때의 에너지가 과연 내게 남아 있을까 가장 걱정되었다. 귀국 후 생계는 다음 문제였다.

예상대로 유학 가서 가장 먼저 바닥난 것은 체력이었다. 나와 함께 강의를 들은 20, 30대 친구들은 학교 강의를 듣고 아무렇지도 않게 마당에서 축구를 하고 구내식당에서 밤새 와인을 마셨다. 하지만 나는 강의를 정리하고 다음 날 레시피를 예습하기에도 체력이 빠듯했다. 구내식당에서 매일 밤 벌어진 와인 파티에 딱 두 번 참석할 정도로 저질 체력이었다. 세계 각국에서 온, 요리에 열정이 넘치는 청년들과 사귈 기회는 그렇게 날아가버렸다.

정신적 에너지도 이내 바닥을 드러냈다. 매일 밤 '내가 이

나이에 무슨 일을 벌였는가?' 자책했다. 그러면서 이상하게 한식이 먹고 싶었고, 내가 좋아하는 냉면 타령을 하기 시작했다. 향수병에 걸릴 정도로 자신감은 바닥이었다.

그 순간 내게 한 줄기 빛처럼 다가온 것은 와인이었다. 100 시간이 넘는 요리 수업보다 50시간쯤 되는 와인 강의를 더 좋아했다. 이탈리아 와인은 품종이 2천여 개다. 이 가운데 시판되는 품종은 500종이 넘는다. 이탈리아는 지역마다 전혀 다른 와인이 있었다. '마을 하나에 와인 하나'라는 이탈리아 속담을 실감했다. 거기다 와인 강사 에지오는 컬리너리 강사인 마시모보다 훨씬 재미있었다. 나는 사람을 유머 센스로 평가하는 고약한 버릇이 있다.

이탈리아 와인 맛도 놀라웠다. 유학 시절 처음 마신 15년 된 바롤로는 레드와인에 대한 나의 편견을 여지없이 무너뜨렸다. 나는 레드와인이 자신의 권력이나 부를 자랑하는 구별 짓기 혹은 '연성 권력' 쯤이라고 생각해왔다. 왜냐하면 레드와인의 10~20퍼센트 가격이면 세상에서 가장 맛있는 화이트 와인을 마실 수 있다. 부를 상징하는 샴페인도 중급 레드와인보다 저렴했다. 하지만 바롤로의 제비꽃 향과 실크같이 부드러운 질감을 경험한 뒤 레드와인에 대한 내 생각은 수정될 수밖에 없었다.

더 놀라운 것은 음식과의 조화였다. 그냥 마시면 밍밍하기 그지없던 이탈리아 와인이 이탈리아 음식과 만나면 전혀 다른 얼굴을 하는 것이었다. 와인의 잠재력을 끌어내는 데는 토마토만 넣어 버무린 파스타 한 그릇으로도 충분했다. 와인 값은 음식 값의 50퍼센트를 넘어서는 안 된다는 이탈리아 사람들의 충고가 마음에 깊게 새겨진 까닭이다. 한국에서는 와인 값이 음식 값의 곱절 이상일 때가 빈번했던 것과 대조적이다.

하지만 내가 와인을 좋아하게 된 계기는 포도의 생장을 바로 지척에서 지켜보았기 때문일 것이다. 학교 기숙사 뒤에는 야트막한 언덕이 있었는데, 모두 포도밭이었다. 나는 매일 새벽에 이 산을 올랐다. 방전된 체력을 충전해볼 요량이었다. 내가 이탈리아에 도착한 3월에 포도나무는 가지만 앙상했다. 당도를 위해 10여 송이만 맺도록 혹독한 가지치기를 했기 때문이다. 그런 앙상한 가지들에서 연두색 싹이 나고 한여름 초록색 잎이 무성해진 뒤 열매 맺는 모습은 경이로웠다. 아이들이 재잘재잘하면서 쑥쑥 자라는 것 같았다. 그런 감동을 받은 뒤에 향수병 따위는 이탈리아의 파란 하늘 멀리 사라져버렸다.

포도밭에는 포도만 있는 것이 아니었다. 포도밭에는 장미와 양귀비가 꽃을 피웠고, 포도 맛을 위해 헤이즐넛 나무가 심어져 있었다. 밭이 아니라 공원 같았다. 포도밭을 걷다 보면 매 정시마다 스무 곳도 넘을 것 같은 수많은 동네 성당에서 일제히 종소리가 울려 퍼졌다. 포도는 꽃들과 종소리에 둘러싸여 자란다. 이런 포도로 빚은 와인에 신성이 깃든다고 중세 사람들이 믿는 것은 무리가 아니었다. 나 역시 붉은 포도주가 구원을 약속하는 예수의 피라고 믿는 가톨릭 신자였지만 상징적인 것으로만 생각했다. 하지만 이 광경을 본 뒤로 와인에는 신성이 깃든다고 믿게 되었다.

한국에 돌아와서 이탈리아 와인이 잊히지 않는 것은 당연했다. 내 이름을 건 레스토랑을 열겠다고 요리 유학을 갔는데 그 바람은 일단 접었다. 그리고 귀국하자마자 와인 수입 법인부터 만들었다. 한국에서 이탈리아 와인을 즐길 방법을 찾았고, 와인바나 와인 클럽을 고민했다. 와인 수입은 생각보다 비용이 많이 들고 유통 과정이 복잡해 지금도 실제 수입은 하지 않고 있다. 대신 와인에 대한 글을 쓰고 와인 강연을 해왔다. 이 책은 《한겨레》에 실린 〈생활 와인〉과 《경향신문》에 쓴 〈음식의 미래〉에 게재된 글을 모은 것이다.

나는 편의점 삼각김밥을 즐긴다. 삼각김밥뿐 아니라 새로 나온 편의점 김밥은 거의 먹어본다. 삼각김밥과 와인은 생각보다 잘 어울린다. 특히 편의점 와인과 잘 어울린다. 이 책은 내가 삼각김밥에서 파인 다이닝까지 음식과 마신 와인 이야기다. 나는 와인이 소주와 맥주처럼 평범한 술이라고 생각하지 않는다. 소주와 맥주는 혼자서도 마실 수 있지만, 와인은 혼자 마시기 어렵고 맛있는 음식 없이 마시기도 어렵다. 가족이나 친구 그리고 뭔가 특별한 음식이 있어야 즐겁게 마실 수 있다. '깡와인', '혼와인'이 어렵다는 이야기다. 그래서 와인은 늘 사람을 겸손하게 만든다.

우주만큼 복잡한 와인계는 늘 내 와인 지식의 한계를, 그리고 친구와 음식의 소중함도 알게 해준다. 와인을 마신 뒤에 나는 '와알못'(와인을 알지 못하는 사람)인 친구들에게 정말 부지런히 와인을 선물했다. 그래서일까, 이제 친구들은 내가 모임 자리에 와인을 가져가도 "화장품 같은 거 가져왔네."라는 지청구를 주지 않는다. 요즘은 가끔 "그 와인 좀 가져와 봐."라는 따뜻한 말도 듣기도 한다.

비싼 와인만이 좋은 와인이 아니다. 좋은 사람과 맛있는 음식을 먹을 때 코르크를 딴 와인이 가장 좋은 와인이다. 와인은 우주가 우리에게 주는 최고의 순간이고 선물이다. 와인은 내게 따뜻하고 즐거운 이야기를 선물한다. 다만 그 즐거움을 이끄는 데는 약간의 요령이 필요하다. 먼저 코르크를 딴 뒤 한두 시간은 너끈히 기다려야 하는 인내심이 필요하다. 친구를 불러야 하고, 맛있는 음식을 준비해야 한다. 와인을 마실 때 초를 켜고 재즈를 틀어야 할 때도 있다. 이 책은 그 귀찮은 과정에서 오는 소박한 즐거움들을 모아 놓은 것이다. 나의 소박한 즐거움이 독자 여러분에게 와인에 주눅들지 않을 용기를 줄 수 있기를 바란다.

차례 ≫

들어가며

나를 구원해준 편의점 푸드와 와인

일상에서 맛보는 '파리의 심판'

어느 음식이든 마음껏 품어주고

마실수록 나를 겸손하게 한다

나를 구원해준
편의점 푸드와 와인

^

저렴하면서도

풍 요 로 운   시 간

이처럼
풍요로운 천 원의 마법,
삼각김밥

이탈리아에도 참치마요가 있다. 우리의 단순한 참치마요와 비교가 안 될 정도로 화려한 참치마요다. 이탈리아 북부에서는 이 참치마요로 송아지고기를 싸 먹기 때문이다. 비텔로 톤나토라고 하는데, 우리말로는 송아지 참치라는 뜻이다. 소스인 참치 마요네즈도 그냥 만들지 않는다. 달걀노른자와 케이퍼에 엔초비까지 넣는다. 마요네즈도 수제로 만든다. 콩기름이 아니라 엑스트라 버진 올리브로 만든다. 이 소스는 거의 천하무적 소스다. 그것을 송아지 고기에 감싸서 먹는다. 송아지 고기도 당근, 양파, 샐러리와 함께 굽는다. 제정신이 아닌 것 같다. 참치마요를 먹으려고 이런 수고로움을 하다니.

이 음식은 이탈리아 북부의 전통음식 중 하나다. 이탈리아 북부가 1720년 스페인왕위전쟁에 승리한 연합군 측에 참여하면서 전쟁 승리의 전리품으로 스페인으로부터 시칠리아와 샤르데냐 섬을 양도받으며 공작이 다스리는 땅에서 왕이 다스리는 땅으로 격상된다. 왕국으로 성장한 샤르데냐왕국은 이탈리아 서쪽 바다에서 잡히는 샤르데냐 참치를 마음 놓고 먹었다. 이탈리아 남쪽의 나폴리왕국은 여전히 스페인이 다스리고 있었다. 이 이탈리아식 참치 요리는 그즈음 나왔다. 결국 이탈리아를 통일한 샤르데냐왕국의 자존심 같은 음식 중 하나가 되었다. 우리로 치면 통일 참치김밥쯤인 것이다.

하지만 이탈리아 레스토랑의 주방에서 일해본 내 경험을 놓고 보면, 당시 주방에서 만든 음식 가운데 손님들이 가장 잔반으로 많이 남기는 것이 비텔로 톤나토였다. 심지어 아예 손을 대지 않은 경우도 있었다. 온종일 만들었는데 손님들이 먹지 않는 것을 보면 재료가 아깝다는 생각을 넘어 주방의 노고가 폄하된 것 같아 마음이 아렸다.

특히 덩어리 송아지 고기를 얇게 썰어 손님상에 내기 위해 바쁜 시간에 손가락이 잘릴 위험을 무릅쓰고 기계식 고기 슬라이서까지 사용하는 것을 감안하면 너무한 일이었다. 레스토랑에 한 50명쯤 되는 손님이 들이닥치면 이 자동 고기 슬라이서에 손가락 한 마디를 잃어버리는 일이 일어날 정도로 주방은 전쟁터가 되기 때문이다. 실제로 내가 인턴으로 일한 레스토랑의 셰프인 프랑코는 새끼손가락 한

마디가 없었다. 비텔로 톤나토를 만들다가 기계에 잘린 것이었다. 그는 내게 구운 송아지 고기를 늘 천천히 자르라고 말했지만, 손님들이 몰아닥치면 뒤에 와서 고리눈을 뜨고 '지금 당장'이라는 뜻의 이탈리아어 수비토를 외치곤 했다.

이렇게 위험을 무릅쓰며 지극정성으로 이탈리아식 참치마요를 만들었음에도 잔반으로 주방에 다시 돌아오는 까닭은 이 이탈리아 전통음식이 이탈리아 사람들도 과하다고 생각하는 게 틀림없다. 나 같으면 참치마요 삼각김밥을 소고기로 초밥처럼 감싸서 작게 만들어 와사비 간장에 내놓았을 것이다. 많은 이탈리아 사람들은 아직도 초밥이라고 하면 정신줄을 놓는다. 물론 참치초밥과 연어초밥 수준이지만, 그들에게는 새로운 해산물 메뉴가 필요한 것 같다.

이탈리아 사람들이 가장 좋아하는 것은 고기와 튀김이다. 메뉴의 80퍼센트는 고기나 튀김이다. 심지어 고기튀김도 있다. 그래서 비린 것을 잘 먹지 못한다. 그래서 참치회에 커피 원두 가루를 묻혀 먹기도 한다. 참치회에 커피 가루라니. 회 선진국에서 온 우리 눈에는 진짜 맘마미아다.

그런 사람들에게 참치마요 삼각김밥을 내주면 정말 놀랄 것이다. 그리고 이것이 1유로도 되지 않는 천 원이라니. 송아지 고기에 수제 마요네즈를 만들어 한 접시에 2, 3만 원 가깝게 먹은 그들의 눈에 천 원짜리 삼각김밥은 마법처럼 보일 것이다. 실제 이탈리아 친구들이 한국의 편의점에 와서 가장 많이 놀라는 것이 삼각김밥이다. 비텔로 톤나토에 밥을 올려놓은 정말 합리적이고 창의적인 음식으로 생각할 것이다.

참치마요로

나는

춤춘다

/

소비뇽 블랑 · 샤르도네 · 뮈르소

참치마요와 가장 잘 어울리는 와인은 당연히 소비뇽 블랑이다. 소비뇽 블랑의 풀 향기와 날카로운 산도는 밥알의 전분기와 참치마요의 기름기와 김의 독특한 풍미를 모두 조화롭게 만든다. 샤르도네 역시 잘 어울린다. 오크통에 숙성한 것이나 숙성을 건너�뛴 샤르도네와도 잘 어울린다. 편의점에서 반 병짜리로도 파는 호주산 옐로우테일 샤르도네와도 궁합이 좋다.

참치마요가 물릴 때 먹는 전주비빔밥에는 고추장에 볶음 소고기가 들어간다. 그래서 전주비빔밥 삼각김밥은 참치마요보다 샤르도네와 더 잘 어울린다. 바디감과 알코올 도수가 좀 더 센 샤르도네가 매콤한 전주비빔밥과 잘 어울리는 것이다.

전주비빔밥은 샤르도네뿐 아니라 샴페인이나 스파클링 와인도 어울린다. 하지만 의외로 어울리는 조합은 레드와인인 스페인 템프라니요다. 템프라니요 품종이 가진 후추 맛과 담배 맛이 고추장의 덥덥함을 씻어주기 때문이다.

하지만 내가 삼각김밥으로 해보고 싶은 버킷리스트는 내

가 가장 좋아하는 화이트 고급 와인인 뫼르소와 참치마요를 먹어보는 것이다. 레드와인 가운데 가장 비싼 프랑스 부르고뉴를 맥도날드 빅맥과 먹는 것과 비슷하다. 실제 미국 영화 〈사이드웨이〉에서는 이런 장면이 나와 화제가 되기도 했다.

뫼르소는 몽라셰와 함께 부르고뉴를 대표하는 최상급 화이트와인이다. 화이트와인 가운데 가장 고가 와인의 하나다. 나는 예전에 이 와인을 버터가 들어간 생선요리나 닭고기와 함께 먹었지만, 요즘에는 빵 하나만 놓고 먹는다. 어중간한 음식보다는 단순한 음식으로 와인 맛을 극대화하려는 것이다.

뫼르소는 처음에는 시트러스와 꽃 향이 쨍하게 느껴지다가 뒤로 갈수록 열대과일이나 바닐라, 꿀 같은 맛에 백후추와 견과류의 미묘함까지 느껴진다. 미네랄과 바디감도 중간 이상이어서 끝까지 흐트러지지 않는다. 이런 맛을 온전하게 느끼려면 와인에 집중해야 하는데, 때때로 화려한 안주가 방해가 된다.

그런 귀한 뫼르소에 참치마요라니. 하지만 참치마요도

할 말이 있다. 참치마요는 우리나라에 편의점이 생긴 이후부터 편의점을 대표해왔다. 그리고 학원에 다니는 학생부터 직장인, 자취생까지 아쉬운 끼니를 해결해주는 소울 푸드다. 국가와 사회를 대신해 그들의 배고픔을 해결해준, 하늘에서 내려온 동아줄이다. 그런 참치마요의 맛과 의미는 뫼르소에 결코 밀리지 않는다고 생각한다. 익힌 참치와 마요네즈는 오크터치를 한 뫼르소와 잘 어울리기도 할 것 같았다.

그래서 한번 큰마음을 먹고 골라본 뫼르소는 도멘 드니 까레 레 띠예였다. 이 와인은 오크 숙성을 절반만 해서 밝은 황금색만큼 맛과 향이 산뜻하다. 처음 느끼는 시트러스 향은 천 원짜리 참치마요의 풍미를 발랄하게 해준다. 와인이 공기에 노출되면서 구운 아몬드 같은 견과류의 아로마가 느껴져 참치마요의 마요네즈나 참치 살은 물론이고 김이나 전분기와 잘 어울렸다. 14개월 이상 프렌치 오크통에 숙성했기 때문에 목넘김 뒤에도 우아한 피니시가 느껴진다. 그래서 참치마요의 향이 약간은 맞지 않을 때도 있다.

그럴 때 나는 참치마요를 이탈리아산 파르마산 프로슈토를 감싸서 먹기도 한다. 프로슈토 위에 와인 발사믹 글레이즈를 살짝 뿌려준다. 우리 집에 있는 것은 트러플 글레이즈인데, 트러플은 모든 향을 앗아간다. 그래서 트러플 글레이즈보다는 마요네즈에 구운 파프리카 가루를 뿌려서 먹는다. 후추는 흑후추보다는 적후추가 조금 더 낫다. 그렇게 하면 참치마요 프로슈토 말이가 완성된다. 그냥 평범하게 먹을 수도 있지만, 뫼르소 같은 와인은 나를 집사쯤으로 부리기도 한다.

그러면 어떠랴. 와인의 지시로 참치마요에 유리구두를 신겨 호박 마차를 태워 미식의 성으로 데려가는 일은 생각보다 꽤 즐겁다. 그렇게 만든 내 식대로 참치마요는 내 입안에서 화려하게 스텝을 밟는다. 가끔은 왈츠를, 가끔은 탭댄스를, 가끔은 힙합을 춘다. 참치마요가 밟는 스텝은 마시는 와인에 따라 경쾌해지기도 중후해지기도 한다. 거기에 따라 나의 한 끼도 달라진다. 와인이 참치마요에 거는 마법이다.

‘직장인을 위한 샴페인’ 의
놀라운 반전

/

카바 · 파테르니나 반다 아줄

나는 어릴 때 버스가 하루에 한 번 다니는 깡촌에서 살았다. 그곳은 시골의 편의점으로 불리던 전방조차 없었다. 과자나 사탕 같은 간식은 사치였고, 배추 뿌리나 파 줄기, 옥수숫대에서 단맛을 느껴야 했다. 그랬던 내가 서울로 이사 와서 처음 오렌지색 환타를 마셨을 때의 충격이란. 그래서 초등학교 시절 나는 환타를 물고 살았다. 그때 내게 천국은 수도꼭지에서 환타가 나오는 곳을 의미했다. 이 유년의 경험을 환기시킨 것은 스파클링와인이었다.

내가 스파클링와인을 처음 접한 것은 미국에서였다. 2000년대 초반 미국의 슈퍼마켓들은 세계 맥주와 스파클링와인을 인테리어 장식처럼 벽 하나 가득 쌓아 두었다. 난생처음 보는 풍요의 광경이었다. 나는 처음에는 여러 나라의 맥주를 마시다 어느 순간 스파클링와인에 손을 대기 시작했다. 미국산 저가 스파클링와인을 주로 마시다가 이후 스파클링 맛에 눈을 뜨면서 이탈리아, 프랑스 등의 스파클링와인으로 옮겨 가기 시작했다.

스파클링와인의 매력은 함께 먹는 음식을 가리지 않는다

는 점이다. 한식은 물론이고 아이스크림 같은 디저트와도 어울렸다. 하지만 단점이 있었다. 가격이었다. 그런데 우리나라에서는 불과 5, 6년 전만 해도 스파클링와인의 구색이 다양하지 않았고, 프랑스 샴페인이 주였다.

프랑스 샹파뉴 지방에서 생산하는 샴페인은 맛이 좋지만 가격은 부담스럽다. 고가의 레드와인에 견주면 그래도 착한 가격이지만 월급쟁이에게는 고민되는 가격이었다. 오죽하면 '샴페인을 일찍 터뜨렸다'라는 말이 있을까.

하지만 몇 년 전부터 다양한 스파클링와인을 동네에서도 구입할 수 있는 세상이 되었다. 심지어 편의점에서도 쉽게 찾을 수 있다. 레드와인을 즐기지 않는 내게 스파클링와인은 참 요긴하다. 그중 스페인의 카바는 많은 스파클링와인 가운데 가성비가 가장 뛰어난 스파클링와인이다.

카바는 발효한 와인을 한 병씩 개별 병입해 탄산 기포를 만드는 고전적인 프랑스식 제조 방식을 따른다. 그래서 샴페인처럼 기포가 매끄럽고 산도와 향이 치밀한 편이다. 다만 카바는 모든 과정을 손으로 하고 3년 이상 숙성하는 샴페인과 달리 일부 과정을 기계화하고 숙성 기간을 1년 이

하로 줄이는 방식으로 비용을 획기적으로 낮추었다. 카바가 '가난한 자의 샴페인'이라는 별명을 얻은 까닭이다.

페데리코 파테르니나는 110년이 넘는 전통의 와이너리다. 이곳은 스페인 북서부 리오하의 템프라니요로 만든 레드와인으로 유명하다. 이 와이너리는 스페인 내륙에서 레드와인을 만드는 동시에 오랫동안 지중해 카탈루니아 카바의 심장으로 불리는 페네데스 지역에서 스파클링와인을 만들어 왔다.

지중해 해안가에 위치한 페네데스는 고대 페니키아인들이 포도를 심었다는 유서 깊은 지역이다. 페네데스 지역의 카바가 높은 평가를 받는 것은 산도와 당도가 높은 토착 품종 덕분이다. 카바는 샴페인처럼 샤르도네나 피노 누아를 쓰지 않고 토착 품종을 사용한다. 그래서 카바는 늘 뭔가 새롭고 이국적이다.

파테르니나 반다 아줄은 토착 품종인 자렐로가 40퍼센트 블렌딩되어 있어 산도가 좋고 섬세한 감귤과 꽃 향을 느낄 수 있다. 한 병을 다 마실 때까지 샴페인처럼 작은 기포가 끊임없이 올라와 초봄의 잠깐 내리비치는 따뜻한 햇살처럼 부드럽고 상쾌하다. 1만 원의 가격으로 누릴 수 있는 사치다. 다만 짧게 숙성했기 때문에 바디감과 거품이 약해 가벼운 식전주로 적합하다. 마트는 물론이고 편의점에서도 쉽게 구할 수 있다는 것도 장점이다.

영하 15도까지 내려가던 2월 초, 와인 번개 모임이 있어 이 와인을 들고 가보았다. 이탈리아 생햄과 치즈, 껍질째 먹는 포도와 조합한 탈리에리(도마라는 뜻으로 이탈리안식 햄과 치즈 모듬 안주를 칭하는 말)와 잘 어울렸다. 영하의 겨울 추위를 잊게 해주는 발랄함이었다.

해외 와인 누리집을 찾아보니 최소 30개월 이상 숙성한 파테르나 그랑 레저르바 역시 부담 없는 가격이다. 과연 그랑 레저르바는 샴페인만큼 구조감과 거품이 좋을지, 전문가들의 평가대로 샴페인의 특징인 구운 토스트나 아몬드의 맛이 날지 무척 궁금했다. 이런 호기심은 몹쓸 지름신을 불러오지만, 카바는 적당한 가성비 덕에 이런 호기심마저 즐겁다. 입도 지갑도 즐거운 스파클링와인이니까.

우주 유영하듯
기분 좋은 맛

/

테더 샤르도네

가끔 별생각 없이 라벨 디자인이 멋져 와인을 충동적으로 고르는 경우가 있다. 다만 이런 와인은 사 놓고도 잊어버려 가끔 와인을 정리하다가 '이런 와인을 언제 샀지?' 하고 놀라기도 한다.

테더 샤르도네가 그랬다. 우주비행사가 유영하는 특이한 디자인에 정신을 빼앗겨 와인 아웃렛에서 산 기억이 났다.

'마시면 우주로 간다?'

피식 웃음이 났지만, 뭔가에 홀린 듯 두 병이나 담았다. 가격도 싸지 않았던 것으로 기억한다. 그렇게 몇 년이 흐른 뒤 얼마 전에 드디어 이 와인을 땄다.

언론사를 그만두고 육가공을 배워 수제 살라미 베이컨을 만드는 후배가 있다. 물론 수제인만큼 몸에 좋지 않은 인산염이나 아질산나트륨 같은 첨가물을 넣지 않는다. 이탈리아식 살라미가 그리울 때 찾아가는 내게는 오아시스 같은 장소다.

그런데 다들 이 후배의 델리에 갈 때 레드와인을 들고 오는데, 나는 이 테더를 들고 갔다. 테더 샤르도네를 들고 간 까닭은 후배가 만든 치앙마이 부어스트라는 수제 소시지 때문이었다. 후배가 태국 치앙마이에 직접 가서 배워 온 이 소시지는 레몬그라스, 갈랑가, 라임 잎, 강황 같은 향신료를 넣은 태국식이다. 동남아 향신료를 좋아해서 이 소시지를 배우러 후배가 치앙마이를 간다는 이야기를 들었을 때부터 기대했다.

후배의 소시지 가운데는 내가 좋아하는 것이 또 하나 있다. 평안도가 고향인 후배 외할머니가 어릴 적 만들어 주신 피순대 스토리를 입힌 스페인과 한국의 퓨전 소시지인 모르시야 델 귀종이다. '귀종'은 후배 외할머니의 이름을 따온 것이다. 맛도 모양도 피순대를 닮아 구수하다. 치앙마이 부어스트나 모르시야 귀종은 이처럼 독특한 맛과 독특한 스토리가 있다. 그래서 나는 이 후배의 수제 소시지를 매우 사랑한다.

우리나라 사람들은 대부분 햄과 소시지를 레드와인과 먹어야 한다고 생각한다. 하지만 섬세한 맛과 향을 가진 수제 소시지는 오크통에 숙성한 샤르도네와도 잘 어울린다. 특히 열대과일과 향신료 풍미가 강한 미국 나파밸리 샤르도네와 궁합이 좋다.

테더는 내가 마셔본 미국 샤르도네 가운데 이국적인 향이 가장 강한 와인의 하나다. 멜론, 구아바, 파인애플과 함께 꿀, 바닐라, 꽃 향을 느낄 수 있다. 치앙마이 부어스트나 모르시야와 잘 맞은 것은 물론이고 다음 안주였던 수제 살라미 소스를 곁들인 스테이크에도 와인이 밀리지 않았다. 그래서 그날 함께 마신 레드와인보다 페어링이 더 좋았다는 반응이 나왔다.

요즘 샤르도네는 오크터치의 복합적인 향을 줄이고 샤르도네의 자연적인 산도와 향을 강조하기 위해 절반 정도를 오크 숙성하지만, 테더는 반대다. 100퍼센트를 프렌치 오크통에 넣는데, 그 가운데 50퍼센트는 가격이 비싼 새 프렌치 오크통에 18개월이나 넣어 둔다. 화이트와인으로는 다소 과한 대접이다. 하지만 이 과정으로 포도 고유의 날카로움이 부드럽게 바뀌고 파인애플, 바닐라 같은 다양한 향이 또렷이 입혀졌다.

테더의 레드도 샤르도네와 똑같은 디자인의 라벨을 쓴다. 레드와인 역시 마시면 둥둥 우주 유영을 하는 기분을 선사할까? 궁금해진다. 아웃렛에서 다시 만나면 테더 레드와인도 장바구니에 담아봐야겠다.

편하고 싸고
배달음식과도 '굿'
/
편의점 화이트와인 3종

"형! 무슨 와인 사나요?"

가끔 내 사무실을 찾아오는 후배들이 근처 편의점에서 전화해 이렇게 묻곤 한다. 남의 사무실에 빈손으로 가기는 그렇고 내가 와인을 좋아한다니까 사무실 근처 편의점에서 와인을 사 오려는 것이다.

편의점에서 포도주를 고르기란 쉽지 않다. 특히 레드와인은 화이트와인에 견줘 변수가 많은 데다 마트나 와인 전문점보다 더 비싸다. 하지만 화이트와인은 자기에게 맞는 당도와 산도만 기억하면 선택이 어렵지 않다. 비용 대비 효용이 크기 때문이다.

이런 편의점 화이트와인 가운데 내 눈길을 끈 것은 이탈리아 칸티 모스카토였다. 모스카토는 당도가 강하고 알코올 도수가 약해 가볍게 마실 수 있다. 막걸리와 청주가 한식과 잘 어울리는 것은 당도가 한식 특유의 매콤함과 발효된 맛을 입안에서 싹 씻어주기 때문이다. 모스카토는 알코올 도수가 10도 이하이고 탄산기까지 갖추고 있어 이런 역할에 적격이다. 그래서 한식은 물론이고 자장면 같은 중식에도 어울린다. 가격도 1만 원대 이하로 아주 착하다.

모스카토와 비슷한 맛인 브라케토도 요즘에 나와 있어 반갑다. 브라케토 역시 이탈리아에서 재배하는 포도 품종인데, 모스카토처럼 저절로 탄산이 생기는 적포도다. 내가 맨 처음 이탈리아에 갔을 때, 그 맛이 신기해 가장 많이 마셨던 와인이다. 제비꽃과 베리 향이 절묘하다. 조금 달아 디저트와 먹으면 바랄 나위가 없다.

칠레의 코노 수르 비치클레타 샤르도네도 괜찮다. 오크 숙성을 하지 않아 전이나 잡채 같은 명절 음식과도 잘 어울린다. 비치클레타는 스페인어로 자전거를 말한다. 탄소발자국을 줄이기 위해 직원들이 자전거를 타고 다닌다. 이런 노력 덕분에 코노 수르는 와이너리로는 세계 최초로 탄소배출 0퍼센트 인증을 받았다. 가벼운 가격으로 접할 수 있는 개념 와인인 코노 수르는 품종별로 다양한 등급의 와인을 생산해 와인을 처음 배우기 시작하는 이들이 와인을 공부하기에 적합하다.

하지만 내 의지와 상관없이 내가 가장 많이 마시는 편의점 화이트와인은 몬테스 클래식 샤르도네다. 내가 와린이인 후배들에게 "몬테스 알파는 알지? 천사 그려진 와인 가운데 가장 싼 화이트와인으로 사 오면 돼."라고 종종 말하는 탓이다. 와인을 잘 모르는 사람도 몬테스 알파 정도는 알기 때문이다. 몬테스 알파는 화이트와인뿐 아니라 레드와인들도 가성비가 매우 훌륭하다.

내가 화이트와인을 사 오라고 해도 꼭 레드와인을 사려는 후배들이 있다. 그들에게 '와인은 빨간색'이다. 고정관념은 그래서 무섭다. 내가 아무리 화이트와인을 예찬해도 "와인은 레드죠."라고 바득바득 우기는 귀여운 후배들에게는 몬테스 알파 레드와인을 사 오라고 한다. 카베르네 소비뇽을 좋아하지 않는 나도 몬테스 알파 카베르네 소비뇽은 그래도 마시기 때문이다. 칠레의 카베르네 소비뇽은 가성비가 정말 뛰어나다.

몬테스 클래식은 몬테스 알파보다 더 저렴한 시리즈인데도 맛이 꽤 괜찮다. 가격이 1만 원대 중반인 이 와인은 우리나라에서 천만 병 넘게 팔렸다. 몬테스 클래식 샤르도네는 사무실 배달음식의 바이블인 탕수육이나 깐풍기와도 아주 잘 어울린다. 많이 팔린 데는 이유가 있는 법이다. 몬테스 클래식 레드와인도 몬테스 알파 레드와인만큼은 아니더라도 꽤 맛있다.

이제는 뉴질랜드의 머드하우스, 미국의 캔달 잭슨 샤르도네처럼 내가 좋아하는 화이트와인을 편의점에서도 쉽게 만날 수 있게 되었다. MZ세대가 와인에 눈뜨면서 이들이 많이 이용하는 편의점에서 와인을 구비하기 시작했기 때문이다. 나도 저녁 모임에 와인을 들고 가야 하는데 출근길에 와인을 깜빡했을 경우 편의점에서 와인을 구매한다.

마트나 와인 전문점의 가격을 꿰고 있는 내게 편의점은 꽤 요긴한 와인 구입처 중 하나다. 가끔 편의점 와인이 마트보다 더 싼 경우가 있다. 왜 그렇게 싼지 편의점 업주에게 물어보면 편의점에 와인이 일단 들어오면 반품이 잘 안되어 재고를 원가에 가깝게 팔수밖에 없다는 것이다. 실제 캔달 잭슨 샤르도네의 경우에도 마트에서는 4만 원이 넘는데 편의점에서는 3만 원에 구할 수 있다. 하지만 편의점이다 보니 보관이 취약하다. 편의점 내부의 와인장에 햇빛이

드는지를 잘 봐야 한다. 가끔 와인이 상하는 경우가 있기 때문이다. 그래서 나는 햇빛이 들지 않는 편의점이나 지하철역의 편의점에서 와인을 고른다.

  편의점 와인의 구색이 늘었다고 하지만, 맛도 가성비도 뛰어난 이탈리아 소아베 또는 베르멘티노, 독일 리슬링, 프랑스와 호주의 소비뇽 블랑 같은 다양한 와인을 편의점에서 만나기는 아직은 시기상조인 것 같아 아쉽다.

된장도 품어주는
발랄함

/

베를린 리슬링

내 그리 길지 않은 인생에서 가장 많이 마신 와인은 아마도 프랑스나 이탈리아가 아니라 의외로 독일 와인이다. 내 간이 최전성기였던 20대 때 우리나라의 주류 시장에 수입 와인은 드물었다. 당시 시중에서 접할 수 있는 와인은 국산 와인인 마주앙 메도크와 모젤이 거의 전부였고, 아니면 저렴한 와인 쿨러였다. 레드와인을 좋아하지 않았던 나는 주로 리슬링으로 만든 마주앙 모젤을 마셨다. 덕분에 '독일 와인은 단술'이라고 생각했다.

2000년 초부터 와인 붐으로 수입 와인이 쏟아졌고 그 가운데 독일 와인도 있었다. 하지만 나는 독일 리슬링은 거의 찾지 않았다. 오히려 오스트레일리아와 뉴질랜드 리슬링을 호기심으로 더 찾았다. 이 지역 리슬링은 독일 리슬링과 다르게 달지 않고 전혀 다른 향을 가지고 있었다.

이랬던 내가 독일 리슬링을 다시 찾기 시작한 것은 한식과 어울리는 와인을 찾으면서부터였다. 우리나라뿐 아니라 일본, 홍콩 등 아시아 와인 전문가들은 향이 강한 자국의 음식과 가장 어울리는 와인으로 리슬링을 꼽았기 때문이다. 와인 책을 보면 강한 향의 중국 요리 전문가들조차 중국 요리에 많이 쓰이는 향신료인 산초나 팔각과 어울리는 와인으로 리슬링을 지목했다. 스파이시하고 감칠맛에 무게 중심을 둔 동양 요리에는 단맛 와인이 잘 어울리기 때문이다. 그래서 오랫동안 리슬링을 단 와인으로만 여겨 왔다.

다시 마시기 시작한 리슬링은 나의 짧은 경험을 토대로 한 일반화의 오류를 깨닫게 해주었다. 리슬링의 최고 장점은 가격과 무관하게 기대 이상의 퍼포먼스를 보여준다는 점이다. 리슬링의 힘은 이 품종의 식생에서 비롯된다. 리슬링은 와인의 북방한계선인 북위 50도 안팎에서 주로 자라는데, 이 지역은 춥고 흐리다. 그래서 포도의 성장이 다른 지역에 견줘 상당히 늦다.

하지만 큰 기온차와 늦은 성장은 이 포도의 당도와 산도를 증가시켰다. 여기에 중세 독일 수도사들로부터 시작된 장인정신도 한몫했다. 중세 수도사들은 수직에 가까운 라인강변의 절벽에 포도나무를 심어 일조량을 최대한 늘릴 수 있게 했다. 독일 와인의 복잡한 등급이 주로 수확 시기

포도의 당도 때문에 결정되는 것도 이런 이유에서였다.

내가 리슬링의 가치를 재평가한 까닭은 당도가 아니라 산도였다. 리슬링을 고르는 나의 첫 번째 기준은 '달지 않아야 한다.'였다. 지인들은 영어로 드라이라는 뜻의 트로켄이나 카비넷을 권했다. 트로켄이나 카비넷 와인은 리슬링 등급 가운데 가장 낮아 가격이 합리적인데도 맛은 깊었다. 달지도 시지도 않은 절묘한 균형감에 파란 사과, 멜론, 풀꽃향과 꿀맛이 났다. 차게 해서 마시면 얼음을 살짝 띄운 레몬 과즙처럼 쨍한 맛도 났다.

이런저런 이유로 우리 집의 냉장고를 리슬링에 내어주고 있을 때, 내 눈에 띈 와인이 베를린이었다. 이 와인이 눈길을 끈 것은 2020년 국내에서 열린 와인 앤 치킨 페어링 대회에서 우승했다는 자체 광고 때문이었다. 저렴한 가격도 눈길을 끌었다.

내가 이 와인과 먹은 것은 양념치킨이 아니라 제철인 숙성 삼치였다. 나는 삼치를 여수식으로 갓김치와 갈치젓을 넣은 된장과 함께 쌈으로 즐긴다. 내가 밀누룩과 귀리누룩을 반반 사용해서 가을철에 담근 14도 청주와 함께 이 와인을 비교 시음해보았다.

페어링 대회에서 1위를 했다는 것은 결코 허풍이 아니었다. 10도로 도수는 낮은 편이지만 진한 산미와 약간의 탄산 거품이 있어 된장과 젓갈의 진한 향취를 경쾌하게 바꿔주었다. 14도 청주의 단맛과 높은 알코올기도 역시 삼치회와 잘 어울렸고, 이 리슬링의 발랄함은 삼치와 궁합이 아주 괜찮았다.

특이하게 이 와인의 레이블에는 한글과 독일어로 "무너뜨릴 벽은 많다."라고 적혀 있다. 와인서처 등 해외 와인 소개 누리집에 이 와인의 판매 지역이 대한민국에 국한된 것으로 볼 때 이 와인은 우리나라 OEM 생산인 듯하다. 치킨과 페어링을 강조한 것을 봐서는 맥주 시장 잠식을 염두에 둔 제품으로 보인다. 그래서 가격대도 1만 원대로 저렴하다.

하지만 생각보다 퀄리티가 괜찮아 찾아보니 독일 에스엠베에서 생산한 와인이었다. 에스엠베는 1983년에 자르강과 모젤강 유역의 32개 와이너리가 모여 설립했으며, 독일 최우수 스파클링와인상을 여러 차례 수상한 관록 있는 생산자다.

이 와인을 접한 뒤 자주 이 와인을 사서 떡볶이나 불족발 같은 동네 음식과 즐긴다. 우리 집의 냉동실에 상비해 놓고 있는 우리 동네의 명물 가래떡 떡볶이와도 찰떡궁합이기 때문이다. 내 입맛에는 입안의 모든 맛을 정리해주는 스파클링와인보다 더 맞았다. 이 와인은 리슬링에 대한 나의 편견과 한식과 와인의 부조화라는 벽을 보기 좋게 허물었다.

MZ세대의 자유로움과
'나만의 취향'

최근 테니스를 배워보려고 동네 테니스장을 찾았다. 꾸준히 운동하고 싶었고, 많은 선후배 기자들이 은퇴 후에도 예전에 만났던 취재원들과 테니스를 치며 교류하는 것이 부럽기도 했다.

하지만 가는 곳마다 등록 자체가 되지 않았다. 너무 많은 사람들이 대기하고 있다고 했다. 특히 MZ세대에게 테니스가 인기라고 했다. 한때 골프에 몰두하던 MZ세대가 테니스장으로 몰려온 까닭은 우선 경기침체에 따른 지출 감소로 보인다.

구글 검색량 정보를 제공하는 구글 트렌드를 보면 최근 5년간 우리나라에서 골프에 대한 검색량은 2021년 7월을 정점으로 감소하는 추세다. 반면에 테니스의 검색량은 골프보다 적지만 꾸준히 늘고 있다. BC카드가 2019년 1월부터 2022년 5월까지 4,200만 건의 헬스케어 업종 결제 데이터를 분석한 결과, 테니스 업종의 매출이 2019년에 견줘 2022년에 440퍼센트 증가했다. 골프는 같은 기간 57퍼센트 증가에 그쳤다.

20, 30대 여성의 테니스에 대한 관심이 눈에 띈다. 연령별·성별 검색량 데이터를 제공하는 네이버 트렌드를 보면 우리나라 20, 30대 여성의 '테니스' 검색량은 일부 기간에는 골프보다 많았다. 특히 20, 30대 여성의 테니스 스커트를 비롯해 테니스 웨어에 대한 검색량은 정작 테니스보다 더 많았다.

이 자료만 보면 젊은 여성들의 테니스에 대한 관심은 운동적 효용이라는 본질보다 테니스 웨어 등 외적으로 보이는 감각적 요소로 설명해야 할 것 같다. 테니스가 비록 골프에 견줘 저렴하지만 MZ 여성들이 자신의 존재를 과시하는 플렉스한 소비에 더 적합하다고 판단한 것이다.

MZ세대의 독특한 소비 방식은 음식에도 확인된다. 그중 하나가 내추럴 와인이다. 내추럴 와인은 화학비료와 농약은 물론 현대식 농기계를 사용하지 않고 재배한 포도로 빚는다. 이미 수많은 상업 와이너리들이 무농약 재배를 해와 내추럴 와인이 새삼스러울 것은 없다. 게다가 내추럴 와인 관련 국제적 인증이나 통일된 원칙은 아직 모호하다. 마케

팅 수단이라는 곱지 않은 시선이 나오는 까닭이다.

하지만 젊은 여성들과 와인 모임을 해보면 상당수가 내추럴 와인을 가져온다. 환경과 건강이라는 가치를 지지하는 개념 소비도 원인이지만, 이 와인이 기존 상업 와인보다 더 감각적으로 비춰진다는 점도 이유다. 획일적이고 권위적이지 않은 라벨 디자인도 한몫을 한다. 저알코올 트렌드에서 내추럴 와인이 스파클링와인과 함께 유일하게 성장세를 유지하는 비결이다.

음식은 종교만큼이나 보수적이다. 수천 년 동안 쌀을 먹는 민족은 빵을 먹는 민족을 타자로 인식해 왔다. 이런 구분은 근대화와 함께 힘을 잃었지만 여전히 유효하다. 이런 음식의 보수성을 SNS는 보란 듯이 깨고 있다. 우리나라에서 소수자였던 비건 같은 섭식 방식이 최근 젊은 여성을 중심으로 그 공간을 넓히고 있는 것도 이런 이유일 것이다. SNS로 무장한 MZ세대의 음식 문화는 럭비공처럼 예측불허이지만, 기득권의 허점을 제대로 파고든다는 점에서 늘 흥미롭다.

나를
매운맛의 세계로 이끈
'괴랄'한 라면, 불닭볶음면

이 '괴랄'(괴이하게 맵다는 뜻의 신조어)한 라면을 보고 나는 처음 여느 기성세대처럼 반응했다. '이제 매운 음식을 만들다 만들다 이런 걸 만드는구나.'라고 혀를 찬 것이다. MZ세대를 겨냥해 온통 음식이 달아지고 매워지는 걸 나는 못마땅해하는 요리인의 한 사람이었다.

요즘 방송을 보면 먹방이나 요리 관련 프로그램에는 요리하는 사람이 아니라 외식 사업가들이나 요리 사업가들이 나온다. 요리사들도 홈쇼핑이나 방송에 열중하는 방송인 혹은 홈쇼핑 업자이지 요리인이라고 보기는 어렵다. 요리 사란 자기가 만든 음식으로 세상과 가장 중점적으로 소통해야 한다. 그러나 요즘 방송 화면에 등장하는 사람들 가운데 그런 요리인은 정말 극소수이다. 그런 사람을 만나려면 KBS〈한국인의 밥상〉에 등장하는 주름투성이의 할머니나 중년 여성의 음식을 봐야 할 정도다.

이 음식 사업가들이 방송에 나와서 만드는 요리는 하나같이 맵고 달고 짜고 튀기는 요리다. 구두도 튀기면 맛있다는 말이 있다. 또 맵고 달고 짜면 신선하지 않은 재료의 단점이 가려진다. 가장 자신 없는 부분에 진한 화장을 하는 셈이다. 그래서 나는 달고 매운 음식은 어릴 때부터 치열한 경쟁에 내몰리는 대한민국다운 음식쯤이라고 생각했다. 이런 내가 유행이라던 불닭볶음면을 경계하는 것은 어찌 보면 당연했다. 그런데 나의 꼰대 같은 생각을 결정적으로 바꾼 것은 한국인들이 아니라 영국인들이었다.

'영국남자'라는 유튜브 채널이 있다. 한국인 여성과 결혼한 영국 남성이 한국의 독특한 문화를 외국에 소개하는 동영상이다. 내가 영국에 가서 봐도 영국에는 홍어 피시앤칩스 같은 재미있고 기이한 음식이 많았다. 영국 남성이 보기에도 한식이 그랬던 모양이다. '영국남자'가 픽한 한국 음식의 하나가 불닭볶음면이었다. 매운 것을 즐기지 않는 그들에게 불닭볶음면은 과거 중세 때 사용하던 고문 기구의 하나쯤으로 생각할 것이라고 짐작했다. 그런데 이런 내 짐작은 오산이었다. 방송을 보면 꽤 많은 영국인들이 이 괴랄한 음식을 먹고 맛있단다. 신기했다.

이런 내게 '불닭볶음면 먹어봐야겠다.'라는 또 한 번의

확신을 준 것은 영국의 진보적인 신문인 《가디언》이었다. 《가디언》은 미국의 《뉴욕타임스》와 함께 가장 진보적인 신문으로 알려져 있다. 하지만 나는 나름 진보적이지만 미국적인 시각을 다분히 반영하는 《뉴욕타임스》보다 좀더 세계평화를 고민하는 듯한 《가디언》을 더 선호한다. 물론 《가디언》이 누리집에서 무료로 자신의 콘텐츠를 공개하고 있는 덕도 있지만, 국제 질서에 대한 글이 많은 《뉴욕타임스》에 견줘 생활 속의 작은 이슈를 어떻게 봐야 합리적이고 진보적인가를 깨알같이 알려주기 때문이다. 우리나라의 보수적인 미디어는 물론 진보적인 미디어가 생활 속의 고민에는 큰 관심을 두지 않는 것과는 완전히 다른 모습이다.

내가 이렇게 신뢰하는 《가디언》이 코로나19 시기에 불닭볶음면의 소스를 "도전해볼 만한 해외의 소스 10선"쯤이라는 기사로 소개했다. 나는 삼양사가 외국에 불닭볶음면의 소스만 따로 병입해서 팔고 있다는 것을 상상조차 하지 못했다. 팔도비빔면 소스를 국내에서 팔고 있다는 건 알았는데 이렇게 라면 소스만 따로 외국에서 판다고? 그것도 영국인들이 고추장도 아니라 불닭볶음면 소스를 꼭 먹어봐야 할 소스로 여긴다니 신기했다.

거기다 코로나19로 의무화된 거리두기 탓에 집콕을 할 수밖에 없는 시기였다. 거의 24시간 집에 있으면서 나와 와이프는 오누이가 아니라 거의 전생의 원수처럼 으르렁거리고, 와이프가 점점 군대 사수나 시누이처럼 굴어 스트레스를 만땅으로 받고 있을 때였다. 고백하건대 부부의 이상적인 모습은 주말부부라고 생각한 것도 그때였다.

그래서 그즈음 '삐뚤어질 테다.' 라는 심정으로 불닭볶음면을 처음 먹어보았다. 나이가 들면서 매운 것을 잘 못 먹는 '맵찔이' 가 되어버려 사실 불닭볶음면을 먹을 때 치과에서 발치하기 전처럼 긴장했다. 그런데 지나친 우려였다. 맵기는 했지만 외국인들이 호들갑을 떨 만큼 맵지 않았다. 물론 내가 매울 것을 염두에 둬서 삶은 계란과 약간의 채소를 넣어 붉닭볶음면을 먹은 덕분일 수도 있다. 아무튼 와이프와 투닥투닥했던 스트레스가 풀어지는 그런 정도의 매콤함이었다. 물론 와이프는 한 젓가락 먹고 너무 맵다고 했지만. '또 속았군.' 이라는 표정이었다.

이 라면을 먹고 나서야 우리나라 라면 기업들이 매운맛을 대하는 태도가 상당히 개방적이라는 것을 알았다. 매운 닭발이나 매운 곱창집처럼 맵기의 정도인 스코빌 지수만 끌어올리는 것이 아니라 중독시킬 대상에 대한 확장성에 염두를 두고 있음을 알 수 있었다. 그래서 영국인들도 이 라면을 맵다 맵다 하며 들이키고 있던 것이다. 나는 이 라면의 개방성 덕에 20대 이후 끊은 라면 신제품 시식이라는 새로운 도전에 나섰다.

나는 진라면, 진짬뽕 말고는 새로운 라면에 큰 관심을 느껴본 적이 없었다. 그것도 이 라면을 남들이 하도 맛있으니 먹어보라고 해서 먹었을 뿐이다. 그런데 진라면이나 진짬뽕은 내 스타일이 아니었다. 내가 먹는 국내 라면은 너구리 딱 하나다. 그것도 얼마 전부터는 너구리 매운맛에서 너구리 순한맛으로 바뀌었다.

이런 내가 불닭볶음면을 먹은 뒤부터 매운 라면을 찾아서 먹기 시작한 것이다. 매운 라면의 스펙트럼은 의외로 다양했고 의외로 맛났기 때문이다. 먹어보니 신기하게도 업

체마다 매움의 결과 면발이 달랐다. 매운 라면의 대표선수인 팔도비빔면은 이탈리아 있을 때 너무 많이 먹어 이탈리아 유학을 다녀온 뒤 한국에서는 딱 한 번 먹어보았다. 팔도비빔면은 2019년 이탈리아 유학 당시 한국 유학생들의 필수품 가운데 하나였다. 향수병이 나면 팔도비빔면을 끓여 먹는 한국 학생이 많았다. 물론 나는 그때도 팔도비빔면보다는 너구리를 주로 먹었다. 팔도비빔면의 들쩍지근함이 나와는 맞지 않기 때문이다.

그렇게 찾아서 먹어본 비빔면 가운데 제일 맛났던 것은 삼양밀면과 오뚜기 비빔쫄면이었다. 삼양밀면은 비빔 수프의 맛이 내 입맛에 맞았다. 아프리카가 원산지인 향신료 타마린드를 넣어 소스로 만들어서 그런지 이국적인 맛을 추구하는 내 성향과 잘 맞았다. 오뚜기 비빔쫄면은 면의 탱글함이 남달랐다. 면과 소스의 궁합도 좋았다.

불닭볶음면의
발랄함은
발랄한 와인으로
/

템프라니요 · 쉬라

매운 면을 즐기게 되면서 이들 매운 면들과 어울리는 와인이 있을까 하는 생각이 들기 시작했다. 와인은 소수의 와인을 제외하고는 매운맛과는 충돌한다. 매운 향과 감각이(매운 것은 맛이 아니라 통증이다) 타닌의 떫은맛을 도드라지게 하기 때문이다. 그래서 매운 음식에는 당도가 있는 와인이나 탄산이 있는 와인이 비교적 맞다. 맥주와 쿨피스가 불족발이나 떡볶이와 잘 어울리는 것과 같은 원리다.

그래서 나는 불닭볶음면을 비롯해 매운 라면은 타닌이 강한 레드와인과 절대 맞지 않는다고 생각했다. 스파클링 와인과 소비뇽 블랑 정도가 어울릴 것이라고 생각했다. 하지만 와인계에는 단정이란 금물이다. 내 편견의 틈을 비집고 들어오는 와인이 있었다. 그것이 스페인 북부의 템프라니요와 프랑스와 호주 쉬라였다.

템프라니요의 주된 맛과 향은 담배와 후추다. 이 품종은 매운맛이 나는 특징이 있다. 템프라니요는 그래서 고추장 베이스와 잘 어울린다. 레드 품종임에도 불구하고 매운 떡볶이나 매콤한 라면과 잘 어울린다. 그래서 불닭볶음면과도 잘 어울리리라 생각하고 먹어보았다.

함께 먹은 템프라니요는 리오하의 란 레제르바였다. 마트나 편의점에서도 손쉽게 만날 수 있는 대중적인 와인이다. 가격은 3만 원대로 다소 비싼 편이다. 좀더 가벼운 와인인 란 멘시오네나 란 크리안자 같은 와인도 있다. 이 와인은 가격대가 2만 원대다. 하지만 내가 즐기는 것은 란 레제르바다. 레제르바는 멘시오네나 크리안자에 견주면 구조감이 단단하고 맛의 결이 중첩적이다. 가격 대비 정말 뛰어난 스페인 와인이다. 나는 주로 양고기 요리와 먹는다. 란을 먹고 별로인데라고 하는 사람을 본 적이 없다.

이런 란 레제르바와 가장 어울리는 것은 불닭볶음면 가운데 로제와 치즈 맛이었다. 아무래도 란의 무거운 바디감과 불닭볶음면의 매운 치즈나 매운 크림이 어울렸기 때문이다. 하지만 란은 오리지널인 불닭볶음면과 불닭볶음탕면과는 약간의 충돌감이 있었다. 클래식한 구조감과 타닌 탓이다. 그래서 오히려 레제르바보다 좀더 가벼운 라인업 와인과 먹는 것이 더 좋다.

오리지널 불닭볶음면과 잘 어울리는 합리적인 가격의 와인은 호주 쉬라 100퍼센트로 만든 스윙이었다. 스윙은 후추 맛에다 란 레제르바에는 없는 묘한 단맛이 있다. 이 단맛이 불닭볶음면과 와인을 잘 맞게 해주었다. 쉬라 특유의 스파이시함도 불닭볶음면의 매운맛과 조화를 이루었다. 페어링에서 같은 성향의 맛의 조합이 각각의 장점을 부각시키는 경우였다. 그러나 프랑스 북부 론의 쉬라는 강한 타닌과 스파이시함 때문에 이 가벼운 호주 쉬라만큼 어울리지는 않는다.

소비뇽 블랑이나 스파클링와인이 가진 탄산이 매운맛을 씻어준다면(불닭발 집의 쿨피스도 비슷한 역할을 한다) 이 쉬라 와인은 매운맛으로 매운맛을 상쇄시키는 페어링의 정공법을 보여준다. 거기에 호주 쉬라가 가지고 있는 약간의 단맛이 이 조합의 부작용을 없애준다. 바닐라나 감초 향도 매운맛과 충돌하지 않는다.

이 스윙 와인은 가격이 6천 원대다. 국내 한 편의점이 호주의 와이너리에 OEM으로 생산하기 때문이다. 아마 국내 기업이 편의점 음식과 궁합을 생각하지 않았나 싶다. 한 편의점에서 파는 오모가리 김치찌개 라면과도 먹어보았는데, 잘 어울렸다. 호주 와인의 특징인 트위스트 캡을 돌려 뚜껑을 따자마자 바로 먹을 수 있을 정도로 경쾌한 와인이다. 이 정도면 우리나라의 거의 모든 매운 음식과도 잘 어울리지 않을까 싶다.

하지만 내가 이런 페어링을 실험한다면 굳이 불닭볶음면과 와인을 먹을 이유가 있을까 반문하는 사람도 있다. 반은 맞다. 라면에 와인을 마시는 사람이 몇이나 될까? 100명 가운데 1명쯤일 것이다. 사실 불닭볶음면은 새우살을 레몬 물에 살짝 삶아 고수와 함께 얹은 뒤 비벼 놓고 차가운 라거 맥주와 함께 먹는 것이 가장 좋다.

하지만 템프라니요나 쉬라와 이 불닭볶음면을 먹지 말라는 법은 없다. 누군가는 밥을 된장찌개나 김치찌개가 아니라 우유나 치즈에 비벼 먹지 않는가. 실제 이탈리아에서는 치즈에, 덴마크에서는 생크림에 밥을 조리해서 먹는다. 해외 경험이 많은 사람이나 호기심이 넘치는 사람이라면 불닭볶음면을 흔한 맥주나 소주가 아니라 와인과 마실 수도 있을 것이다. 맵찔이의 나라인 영국에서 불닭볶음면에 도전하는 챌린지를 하듯이 말이다. 이런 챌린지는 예상외의 활력은 물론 뜻밖의 맛의 신세계를 선물할지도 모른다.

최고의 안주는

이 여름 아닌가

/

생클레어 소비뇽 블랑 스파클링

2000년 초반, 세계 3대 레드와인 산지 중 하나인 프랑스 서남부 보르도에 갈 기회가 있었다. 처음 가본 보르도는 고대 로마 때 깔아 놓은 도로가 그대로 남아 있을 정도로 고색창연했다.

보르도의 와이너리도 그랬다. 이탈리아나 프랑스 남부의론, 부르고뉴의 소박하고 정겨운 와이너리와 다르게 멋진 성들이 와이너리 앞에 떡하니 버티고 서 있었다. 우리가 잘 알고 있는 샤토였다. 하지만 프랑스어로 '성'을 뜻하는 샤토는 원래 유럽에서 성들이 생기던 중세부터 있던 것이 아니라 17세기부터 샤토를 소유한 귀족들이 경쟁적으로 짓기 시작한 것이라고 한다.

그래서 이탈리아나 남부 프랑스의 로마네스크의 고졸한 수도원이나 성과 달리 보르도의 성들은 화려한 바로크와 로코코 양식을 반영해 매우 화려하고 귀족적인 것이 특징이다. 이 때문에 보르도 와이너리에 가면 문 앞에 "모두 말에서 내리시오."라는 하마비가 서 있을 것 같은 다소 고압적인 인상을 받았다.

보르도에서 접한 음식도 특이했다. 보르도에서 중세 연회를 재연한다는 프랑스 전통 레스토랑에 간 일이 기억에 남는다. 중세 연회의 특징은 온갖 고기를 구워 산처럼 수북이 쌓아 놓고 며칠 동안 먹고 마시는 것이다. 게르만족이 득세하던 중세 초기에는 고기를 많이 먹는 것으로 자신의 신분을 과시했다.

이 레스토랑은 옛 중세 고성의 주방을 그대로 사용하고 있었다. 온통 돌로 지어진 레스토랑 안은 암흑의 시대라고 불리던 중세를 연상하게 할 만큼 어두웠다. 창문도 작아 빛이 거의 들어오지 않았다. 어두운 홀 안에서 조명을 받는 것은 수북하게 쌓여 있는 고기였다.

조명 아래에서 셰프들은 중세 때 썼을 법한 화덕과 풀무 등을 이용해 소와 돼지는 물론이고 메추리, 양, 염소 등 온갖 종류의 고기를 끊임없이 구워 쌓아 놓았다. 고객은 자신이 원하는 고기를 달라고 해서 테이블로 가져가 먹는 일종의 고기 뷔페였다. 실제로 중세 연회를 그대로 옮겨 놓은 것이다.

그때도 지금처럼 고기보다는 생선과 갑각류를 좀더 선호

하던 나는 '이래서 프랑스 사람들이 레드와인을 마시는구나.' 라며 그 지루한 시간을 견뎌야 했다.

1년간 요리 유학을 위해 머무른 이탈리아 북부 피에몬테에서도 비슷한 경험을 했다. 프랑스와 국경을 맞대고 있는 이 지역의 음식은 프랑스와 비슷하다. 늑진한 소스에 온갖 고기를 즐겨 먹는다. 토끼 간, 마카롱이나 닭벼슬볶음처럼 특이한 고기 메뉴가 나를 놀라게 했다. 이 지역에는 개구리 요리는 없었으나 달팽이는 먹었다. 이탈리아에 가기 전에 이탈리아식 채식 요리를 공부하겠다는 포부를 가지고 있었지만 한 달만의 생각을 바꿔야 했다. 고기 요리가 많기도 했지만, 고기 요리가 너무 맛있어 먹지 않을 수 없었기 때문이다.

나를 고기로 돌려세운 음식 중 하나가 이 지역의 라비올리다. 어느 지역 라비올리보다 튼실한 아뇰리타라는 라비올리다. 구운 소갈비와 돼지고기를 갈아 속을 채운 고유의 만두(피에몬테에서는 손으로 뭔가를 집는 것을 뜻하는 플린으로도 부른다)를 소뼈 육수를 조려 만든 소스와 함께 먹는다. 이곳에서 '타닌의 채찍'으로 불리는 네비올로 품종으로 빚은 바롤로를 먹는 것은 당연했다.

이처럼 존재가 의식을 규정하듯 음식은 술을 규정한다.

우리나라의 음식은 추운 날씨에 대비하기 위한 발효와 절임 음식이 발달해 맛이 풍부하다. 발효나 염분기가 없으면 높은 습도와 고온의 환경에서 음식이 쉽게 상하기 때문이다. 그래서 음식이 짜고 맵다. 이런 음식에는 막걸리, 청주, 소주와 같은 단술이 어울린다. 그렇다면 한식에는 어떤 와인이 어울릴까? 불고기나 삼겹살 같은 고기 요리는 이탈리아의 프리미티보가 같은 품종인 진판델이나 피노 누아 같은 레드와인이 어울리기도 하지만, 뜨거운 찌개와 매운 양념은 종종 레드와인과 충돌한다.

레드와인과 달리 화이트와인은 향이 강한 고기 요리를 제외한 한식과 잘 어울린다. 상큼한 뉴질랜드 소비뇽 블랑이나 드라이한 독일 리슬링은 한식과 궁합이 좋다. 특히 탄산 거품을 품은 스파클링와인은 떡볶이나 순대와도 잘 맞는다. 내가 데일리 와인으로 화이트와인을 선호하는 이유다.

　화이트와인은 가격 또한 레드와인에 견줘 훌륭하다. 레드와인의 하이엔드 급은 수십만 원 혹은 수백만 원을 호가하지만, 화이트와인의 걸작들은 10만 원대이면 접근할 수 있다. 미국 전직 대통령이나 유명 팝가수도 즐긴다는 화이트와인 가운데 몇만 원으로 살 수 있는 것도 적지 않다.

　이런 화이트와인의 멋진 신세계로 나를 인도한 것은 뉴질랜드 말버러의 소비뇽 블랑이었다. 이 지역을 대표하는 클라우드 베이를 비롯해 많은 와인을 마셔보았는데, 거의 실패하지 않았다. 그러다 생 클레어 비카스 초이스 소비뇽 블랑 스파클링을 알게 되었다.

　당시 소비뇽 블랑으로 만든 스파클링은 처음이었는데, 2만 원대인 이 와인은 소비뇽 블랑과 스파클링이라는 두 범주의 장점을 모두 가지고 있었다. 상큼한 향과 맛에 상쾌함이 특징인 이 와인은 집에 있는 냉동 피자와도 어울리는 마성의 친화력을 지녔다. 냉장고에 뒹굴고 있는 채소와 과일 치즈 어떤 것으로든 안주를 만들어도 근사한 파티의 기분을 낼 수 있다.

물론 내가 생각하는 이 와인의 최고 안주는 한여름 날씨다. 아주 차갑게 해서 마시면 라임과 레몬그라스 맛이 나는 이 와인은 여름 해 질 녘과 잘 어울린다. 일 년 중 낮이 가장 길어 황혼이 아름다운 이때, 생클레어 소비뇽 블랑 스파클링은 한껏 느슨해지고 싶은 사람의 마음을 잘 읽어준다.

이처럼
우아하다면
남들과 달라도
즐겁다

/

오르넬라이아 레 볼테 · 그랑 파시오네 로쏘

나는 화이트와인파다. 그래서 레드와인을 어쩌다 가끔 마신다. 촌스럽게도 상당수의 레드와인을 마시면 독주처럼 목에 탁 걸린다. 진한 향보다 비강을 자극하는 날카로움이 느껴진다.

그래서 레드와인을 고를 때 이 날카로움을 피하는 와인을 찾는다. 레드와인이 날카로운 것은 포도 껍질과 씨앗이 가진 타닌이 원인이다. 타닌은 와인의 숙성과 맛을 위해서는 꼭 필요하지만, 내게는 강한 산도와 함께 피하고 싶은 레드와인의 단점이다. 하지만 타닌과 산도가 없이 마냥 단 레드와인은 꺼린다. 포도에 소주와 설탕을 넣어 만드는 옛날식 담금주의 맛을 떠올리게 하는 탓이다.

그러다 보니 내가 마실 수 있는 레드와인의 폭은 생각보다 좁다. 대중적으로 가장 널리 알려진 카베르네 소비뇽과 산지오베제는 늘 조심스럽다. 이 둘의 날카로운 향과 단단한 구조감이 다소 벅차다. 하지만 카베르네 소비뇽은 전세계에서, 산지오베제는 이탈리아에서 가장 많이 재배하는 품종이다. 이런 관점에서 나는 약간은 비주류인 레드와인을 선호한다.

내가 즐기는 레드와인은 메를로, 네렐로 마스칼레제, 말벡, 쉬라 등이다. 이 중에서 메를로를 가장 선호한다. 메를로는 농밀하고 우아한 향이 있으면서도 목 넘김이 부드럽다. 타닌이 적어 병을 딴 후 카베르네 소비뇽이나 산지오베제에 견줘 편하게 마실 수 있다. 귀족적인 프랑스의 메를로도 좋지만, 다양한 변주가 가능한 이탈리아 메를로도 좋아한다.

내가 마시는 대중적인 이탈리아 메를로 와인은 레 볼테와 그랑 파시오네다. 슈퍼 투스칸 와인으로 유명한 와이너리 테누타 델 오르넬라이아의 세컨드 브랜드인 레 볼테는 토스카나를 대표하는 품종인 산지오베제 대신 프랑스 품종인 메를로를 70퍼센트 블렌딩했다. 산지오베제의 비중은 15퍼센트에 그치며, 나머지 15퍼센트는 카베르네 소비뇽이다.

이탈리아 사람들의 입장에서 보면 주객이 바뀐 파격이다. 레 볼테는 메를로의 베리, 꽃, 후추 같은 복합적인 향과 맛, 이를 뒷받침해주는 산지오베제와 카베르네 소비뇽의 구조감을 느낄 수 있는 와인이다. 가격도 합리적이다.

베네토 지방의 그랑 파시오네 로쏘도 레 볼테와 비슷하다. 2만 원대의 이 와인은 아마로네와 맛이 비슷하다. 아마로네는 베네토의 대표적인 포도 품종인 코르비나 등을 대나무나 밀짚 등에서 말려 당도를 끌어올린 뒤 와인을 빚는 아파시아멘토 기법을 사용한다. 아파시아멘토는 고대 로마 이전부터 있던 방법이다. 과거에는 스위트 와인이 잘 상하지 않았기 때문에 가장 비싼 와인이었다. 아파시아멘토는 이 스위트 와인을 만드는 방법으로 고대 카르타고에서 전해진 것으로 기록되어 있다.

이렇게 손이 많이 가는 탓에 아마로네는 토스카나 와인만큼 국내에서 인기가 있지만 꽤 고가다. 그런데 그랑 파시오네 로쏘는 아파시아멘토 대신 코르비나에 60퍼센트의 메를로를 섞는 양조기법을 택했다. 경쾌한 바디감과 짙은 베리와 바닐라 같은 향신료의 맛은 부드러운 레드와인을 선호하는 내게 꼭 맞는 와인이다.

이탈리아 와인 강연을 할 때마다 두 와인을 들고 간다.

대부분 강연의 와인 구매 예산이 빠듯한 탓도 있다. 하지만 시음 뒤에 반응은 꽤 좋다. 이어 가격을 귀띔해주면 참여자들의 반응은 더 한층 뜨겁다. 그만큼 두 와인의 가성비는 뛰어나다.

두 이탈리아 와인의 가성비 비결은 산지오베제나 코르비나를 일정 비율 이상 쓰는 기존 전통 방식이 아니라 외래 품종인 메를로를 사용한 파격에 있다. 그 파격이 레드와인을 가리는 내게는 참 반가운 일이다.

이렇게 부드러운
카베르네 소비뇽이라면
/

투 핸즈 섹시 비스트

내가 카베르네 소비뇽과 산지오베제처럼 레드와인을 대표하는 품종을 멀리 해왔다고 하자 지인들의 반응은 반반이었다. "카베르네 소비뇽을 안 먹으면 뭘 먹냐."는 지청구이거나 "나도 싫어해."라는 동감이었다.

그중에 극성맞은 친구들은 카베르네 소비뇽을 먹지 않는다는 것은 "'와인은 마시는데 포도주는 안 마신다는 말과 똑같다."라며 나를 다그쳤다. "개인 취향"이라고 반박하고 싶은데, 한편으로 솔깃한 마음도 있었다. '도대체 뭘 보여주려고 이러나?' 하는 기대감으로 결국 친구가 이끄는 대로 서울 중구 충무로 인쇄 골목길을 따라 가보았다.

내가 이탈리아에 유학 가기 전에 절대 먹지 않던 음식이 있다. 소고기 육회였다. '소고기도 잘 먹지 않는데 그걸 회로 먹는다니…….' 라는 주저함이었다. 그런데 이탈리아에 가보니 우리 육회와 비슷한 음식이 있다. 바투타 디 비텔로인데, 우리말로 하면 '칼로 두들긴 송아지 고기' 라는 뜻이다. 칼로 저민 송아지 등심에 레몬즙과 올리브유를 뿌려 먹는 고급 요리다. 이탈리아 북부에서 점심이나 와인 안주로 많이 먹는다.

내가 인턴으로 있던 이탈리아 피에몬테의 주도 토리노의 레스토랑에서 문을 닫기 직전인 밤 9시쯤에 레스토랑을 찾는 사람들이 있다. 이들이 시키는 메뉴가 바투타 디 비텔로다. 물론 와인과 함께 시킨다. 우리로 치면 집에 들어가기 전에 딱 한 잔 하기 위해 먹는 음식으로, 꼼장어나 닭똥집쯤인 셈이다.

바투타 디 비텔로는 점심 백반도 되고 퇴근길에는 한 잔의 안주 노릇도 하는 다양한 얼굴의 음식이다. 이 요리가 가끔 레스토랑의 직원 식사용으로도 제공되어 나도 그때부터 먹기 시작했다. 한국에서 먹지 않던 육회를 이탈리아에서 먹기 시작한 것이다. 하지만 생각보다 맛났다. 특히 빵과 의외로 잘 어울려 놀랐다.

정말 아무것도 넣지 않고 이탈리아 레몬즙과 올리브유, 소금을 넣은 것이 전부다. 타임 잎이나 바질을 넣어도 될 것 같은데 넣지 않는다. 단순하지만 복잡하고 복잡하지만 단순한 이탈리아 요리의 매력을 느끼게 해주는 맛이었다.

친구가 나를 데리고 간 충무로의 식당도 육회집이었다. 이 집은 주로 우둔, 즉 소 엉덩이살을 쓰는 다른 육회집과 달리 소고기 등심 부위인 살치살을 썼다. 고추냉이와 참기름 소금장에 찍어 먹었다. 화이트와인을 사랑하는 나는 살치살 육회에 당연히 오크 숙성 샤르도네가 더 잘 맞으리라 생각했다. 하지만 이 살치살은 우둔과 달리 마블링이 훌륭해 레드와인과도 잘 어울렸다.

육회와 함께 마신 와인은 호주 투핸즈의 섹시 비스트였다. 카베르네 소비뇽 100퍼센트였다. 이 와이너리가 생산하는 상위 브랜드인 해리엇스 가든 등을 마셔보았는데 큰 감흥을 느끼지 못했다. 따라서 3만 원대인 이 와인도 큰 기대를 하지 않았다. 처음에는 프랑스의 스파클링와인으로 기분 좋게 시작했고, 섹시 비스트는 한 시간 정도 브리딩한 뒤에 마셨다.

그런데 시간이 지날수록 농밀한 베리류의 향과 맛이 느껴졌다. 주로 자갈밭에서 자란 카베르네 소비뇽의 근엄함과 드라이함을 싫어하는 내게는 이 와인은 아주 신선했다.

흙과 초콜릿 맛도 났다. 미네랄이 많은 남호주의 붉은 흙 기운이 느껴졌다. 신대륙 레드와인의 특징인 편안함이 매력적이었다. 꽉 조이는 양복과 넥타이를 매고 인상을 쓴 채 철학이나 예술을 논하며 와인을 마시는 것이 아니라 챙이 있는 모자에 후드티를 걸치고 펍에서 라틴 노래를 들으며 낄낄거리며 마시는 기분이었다.

와인 본연의 디오니소스적인 흥청거림이 느껴졌다. 거기에 날것의 가벼움을 갖춘 육회 안주라니. 이날 저녁은 와인도 안주도 껍데기를 벗은 것처럼 경쾌했다.

친구는 만족해하는 내 표정을 당연히 읽었을 테고, "카베르네 소비뇽도 괜찮지?"라며 짐짓 잘난 척을 할 줄 알았는데 별 말을 하지 않았다. 타이밍을 놓친 탓인지, 아니면 3만 원대의 부담 없는 가격에 중년 남성에게는 다소 민망한 폴라로이드 에티켓 사진의 와인을 내놓은 것이 겸연쩍을 수도 있었을 것 같았다.

어느 음식이든 마음껏 품어주고

마실수록 나를 겸손하게 하며

함께하는 사람이 있으면 늘 새로운 맛

바닷가에서 태어난
겸손한 친구 같은 와인
/

머드하우스 소비뇽 블랑

우리 집 외식의 최애 메뉴는 초밥과 피자다. 당연히 아내의 취향이다. 나는 사실 피자도 초밥도 그렇게 즐기지 않았다. 내 취향은 와인을 마시고 나서도 꽤 오랫동안 중식에 고량주였지만, 서당개 3년이면 풍월을 읊는다고 아내덕에 피자도 초밥도 꽤 즐기게 되었다.

얼마 전까지는 초밥과 함께 맥주를 마셨다. 청주는 단맛을 즐기지 않는 내게는 맞지 않았고, 소주는 초밥의 미묘한 풍미와는 충돌했다. 그래서 쌉쌀하며 탄산이 있는 맥주와 주로 먹었다. 초밥의 밥알이 가진 전분기는 탄산과 궁합이 좋다.

하지만 내가 와인을 즐기면서 '초밥+맥주'라는 공식은 곧 흔들렸다. 아내가 유일하게 먹는 술이 와인인 탓에 맥주의 퇴출은 사실 시간문제였다. 다만 어떤 와인을 먹느냐의 문제였다.

주변에 초밥과 와인 조합을 생리적으로 거부하는 사람들이 꽤 있다. 특히 나를 이 세상에서 가장 잘 안다고 착각하는 친구들일수록 그 정도가 심하다. 내가 초밥집에 와인을 가져가면 세상이 망할 것처럼 야단법석이다. 사문난적을 본 유생들이 따로 없다.

친구들의 말대로 된장이나 초장을 찍어 먹는 회와 매운 탕에는 소주가 분명히 장점이 있다. 하지만 고추냉이에 간 장을 찍어 먹는 초밥에는 전혀 아니다. 이제는 완강하던 친구들도 쉰 살이 넘어 맛의 세계에 눈을 떴는지 아니면 기 운이 빠졌는지 내 말에 수긍하기 시작했다. 참 기나긴 시 간이었다.

초밥에는 청주와 소주라는 편견과 달리 초밥과 어울리는 와인은 꽤 있다. 먼저 탄산이 들어간 스파클링와인이다. 스파클링와인은 강렬한 소스를 쓰는 떡볶이나 양념치킨과 도 어울린다. 그러니 초밥쯤은 우습다. 하지만 스파클링와 인은 모든 것을 경쾌하게 만든다는 아쉬움이 있다. 기름진 참치나 묵직한 방어, 살이 담백해 숙성 때 쓰인 다시마 맛 까지 끌어안고 있는 광어나 도미와 먹을 때는 아쉬움이 있 다. 특히 산도가 높은 샴페인은 흰살 생선의 섬세한 잔맛 을 전부 입에서 사라지게 한다. 샴페인하고 가장 어울리는 초밥은 구운 장어나 계란을 올린 초밥이다.

뉴질랜드 소비뇽 블랑은 이런 스파클링와인의 단점을 보완해준다. 머드하우스의 소비뇽 블랑은 내가 초밥과 즐기는 뉴질랜드 와인의 하나다. 머드하우스는 소비뇽 블랑의 고향인 프랑스 루아르만큼이나 유명한 뉴질랜드 남섬의 말버러 지역 와이너리다.

　머드하우스 소비뇽 블랑은 싱그러운 감귤류의 풍미와 기분 좋은 산도, 적당한 바디감이 아주 조화롭다. 말버러 소비뇽 블랑은 와이너리에 따라 산도, 풍미, 바디감이 조금씩 다르다. 머드하우스 소비뇽 블랑은 많은 말버러 소비뇽 블랑들 가운데 중간쯤에 있다.

　이 와인이 초밥과 잘 맞는 것은 기본적인 맛이 레몬이나 라임의 풍미인 덕분이다. 여기에 풀 향기나 레몬그라스 같은 향신료와 열대과일의 맛까지 복합적으로 느낄 수 있다. 이런 기분 좋은 맛과 향기는 생선살부터 패류, 계란 등 다양한 재료를 쓰는 초밥과 잘 어울린다. 와인의 산도와 향이 생선이 갖는 비린 뒷맛과 밥알의 단맛을 입안에서 아주 조화롭게 만든다. 가장 놀란 것은 학꽁치처럼 여릿여릿한 생선의 살결까지 느끼게 해주는 섬세한 구조감이었다.

머드하우스 소비뇽 블랑은 단일 밭에서 재배한 포도로 만드는 싱글 빈야드와 여러 밭의 포도를 취합해 만드는 두 종류가 있다. 싱글 빈야드가 산도와 알코올 도수가 조금 더 높다. 가격도 약간 비싸지만, 몇천 원 정도의 합리적인 수준이다. 적은 비용으로 싱글 빈야드 와인과 일반적인 와인의 차이를 느낄 수 있어 호기심을 충족시켜 준다.

이렇게 멋진 맛을 2, 3만 원대의 가격으로 보여주지만, 이 와이너리 이름은 겸손하게도 진흙집이다. 1998년 와이너리를 설립한 부부가 전 세계를 떠돌다가 이 일대의 땅을 보자마자 반해 진흙집을 짓고 포도를 심어 키우기 시작하면서 붙은 이름이라고 한다. 아름다운 실용주의다. 재미있는 점은 이 와이너리의 슬로건이 "모험을 맛보라"다. 이 슬로건을 좇아 다음에는 초밥이 아니라 홍어삼합이나 안동식 상어고기인 돔베기찜 혹은 자리물회와 이 와인을 마셔봐야겠다. 아마 잘 어울릴 것 같다.

오스트리아 와인인 줄
알았잖아

/

다렌버그 드라이 댐 리슬링

요즘 편의점에서 와인을 많이 산다. 몇 년 전과 비교하면 상상하기 어려운 구색에 가격도 마트보다 착할 때가 있다. 그런데 다렌버그 드라이 댐 리슬링을 내가 편의점에서 고른 것은 사실 실수였다.

나는 요즘 오스트리아 와인에 꽂혀 있다. 적당한 가격에 전혀 적당하지 않은 바디감과 향기. 오스트리아 와인은 거의 실패가 없었다. 그래서 가격이 괜찮은 오스트리아 와인은 눈에 띄면 거의 무조건 사는 편이지만, 다렌버그 드라이 댐 리슬링은 오스트리아 와인이 아니라 호주 와인이다.

초보자처럼 이렇게 낚인 것은 이 와인의 라벨이 오스트리아 국기 색깔과 흡사한 붉은색 띠를 두르고 있는 데다 오스트리아 화이트와인과 같은 모양의 병을 쓰고 있기 때문이다. 물론 1만 원대의 저렴한 가격 탓에 라벨에 아주 큰 관심을 두지 않은 나의 성급함이 가장 큰 이유였다.

내가 이 와인을 오스트리아 와인으로 여긴 까닭은 맛과 향 때문이었다. 알프스 덕에 오스트리아는 유럽 다른 지역과 달리 토양이 석회암이 아니라 우리나라처럼 화강암이다. 그래서 바디감이 남다르다. 향도 독특함을 넘어선, 꿈틀거리는 강렬함이 있다. 다렌버그 드라이 댐 리슬링이 그랬다. 거기에 비싼 리슬링 특유의 석유향까지 났다. 1만 원대 가격에 이런 맛이 나는 것은 당연히 오스트리아의 화강암 토양 덕분일 것이라고 여겼다.

결국 지인들의 모임에서 이 와인을 가성비 끝판왕인 오스트리아 와인으로 두어 번 소개하다가 내 성급함의 꼬리가 밟혔다. 한 멤버가 내게 라벨을 보여주며 "호주 와인인데요."라고 반문한 것이다. 그리스 철학자 플라톤이 말했던 '동굴의 우상'이란 단어가 떠오를 정도로 부끄러웠다. 까막눈도 아닌데 오스트레일리아를 오스트리아로 읽는 내 성급함에 스스로 놀랐다.

찾아보니 나는 참 많이도 틀렸다. 우선 토양이 화강암이 아니었다. 서호주 맥라렌 베일에 있는 이 와이너리의 리슬링은 점토와 모래 토양에서 자란다. 점토에서 자란 리슬링이라는 사실에 한 방 먹었다. 나는 레드와인도 자갈에서 자란 카베르네 소비뇽이나 산지오베제보다 점토에서 자라는 메를로를 좋아한다. 바롤로도 진흙이 많은 라모라 지역에서 나온 네비올로로 만든 것을 좋아한다. 향이 자갈에서 자라는 포도에 견줘 뛰어나기 때문이다. 그렇게 평소 점토를 강조하면서 점토에서 자란 리슬링을 몰라본 것이다. 와인 앞에서는 늘 겸손해야 한다는 것을 다시 한 번 깨닫는 순간이었다.

이 와이너리의 '드라이 댐'이라는 독특한 이름은 와이너리의 이웃 농민이 만든 말라붙은 저수지에서 따왔다. 마른 저수지는 농민의 농사에는 별 도움이 되지 않았지만 뿌리를 깊게 내리는 포도 농사에는 큰 도움이 되었다고 한다.

다렌버그 드라이 댐 리슬링은 강한 향과 산도 덕에 거의 음식을 가리지 않는다. 나는 화이트와인은 빵에 생햄이나 새우를 올려 주로 먹는데, 이 와인은 편의점의 나초 과자나 멸치아몬드 같은 가벼운 안주와도 아주 잘 어울린다. 매운 새우 요리나 탕수육 같은 중국 요리와도 딱 떨어진다. 시도해보지 않았지만 자장면과도 찰떡궁합일 것 같다. 저렴한 가격의 편의점 와인 가운데 이렇게 큰 만족을 준 와

인은 칠레 카르메네르, 뉴질랜드 소비뇽 블랑 이후 처음이
었다.

　이 와인들 역시 다렌버그 드라이 댐 리슬링만큼이나 편
의점에서 파는 어떤 안주와도 잘 어울리는 생활 와인이다.

쌈장과 초장도
품는
'화려한 묵직함'
/

뵈시 로제 크레망

내게는 술잔을 함께 기울일 수 있는 또래 친구들이 있다. 하지만 그들 가운데 와인을 좋아하는 친구는 드물다. 내가 와인을 좋아한다고 하면 이내 이런저런 질문으로 나를 놀리려 든다. 가령 "와인이 소주로 담근 포도주랑 뭐가 다르냐?", "얼마나 비싼 걸 마셔봤냐?"라는 식이다. 하지만 친구들의 결론은 한결같다.

"술은 소주야!"

내가 고기를 좋아하지 않아 친구들과 만나면 회나 탕을 먹는 경우가 많다. 아무리 와인을 잘 모르는 친구들이라도 고기와 와인의 조합은 가끔 보았지만 회에 와인은 상당히 낯설어한다. 하지만 날이 차가워지는 10월부터는 회를 즐기기 좋은 때다. 내가 사시사철 즐기는 광어도 이 시기부터는 특히 맛있어진다. 그래서 연말 모임은 아무래도 고기보다는 회가 많다.

나는 친구들과 회를 먹는 자리에 종종 와인을 들고 나간다. 그러면 친구들은 나를 곱지 않은 시선으로 바라본다. 특히 고교 동창 모임에는 학창 시절처럼 남성호르몬 범벅인 특유의 빈정거림으로 나를 피곤하게 하는 녀석이 많다.

녀석들은 나이가 들어도 무례하고 거칠고, 그러면 나도 똑같이 대해준다. 눈에는 눈, 이에는 이다.

우리나라에서 회를 먹는 방식은 다양하다. 회를 간장과 고추냉이에 찍어 먹는 일반적인 방식과 어울리는 와인은 제법 많다. 소비뇽 블랑, 리슬링, 스파클링 등이 그렇다. 하지만 초장이나 쌈장의 경우에는 이야기가 달라진다. 양념의 강렬함에 와인이 밀리기 때문이다. 그래서 내 고등학교 동창들이 신봉하는 '회에는 소주'라는 공식이 생겼을 것이다.

하지만 소주만큼 한국식 회 문화에 어울리는 와인이 있다. 로제 스파클링이다. 이 와인은 로제 와인에 탄산이 들어간 스파클링을 합쳐 놓은 것이다. 우리나라에는 다소 생소하지만 영미권에서는 인기가 높다. 가장 화려한 것이 로제 샴페인으로, 와인 색깔이나 포장이 얼핏 보면 화장품처럼 보인다. 그래서 인기가 많은지 공항 면세점에서 가장 앞에 진열하는 것이 이 샴페인이다.

로제와인은 화이트와인에 포도 껍질을 일정 기간 함께

넣어 두었다가 발효시킨 뒤 빼낸다. 이렇게 하면 포도 껍질의 향과 색이 와인에 녹아든다. 최초에는 회색이었으나 상품성 때문에 핑크색으로 바뀌었다고 한다. 요즘에는 와인즙을 넣어 색깔을 내는 방식을 쓰기도 한다. 이렇게 만든 로제와인에 당분과 이스트를 넣어 스파클링으로 만든 것이 로제 스파클링이다.

로제 와인이나 스파클링도 해산물 요리에 잘 어울리는 와인이다. 로제 와인은 해산물을 즐겨 먹는 프랑스 남부 프로방스에서 유래했다. 화이트와인에 포도 껍질을 함께 넣어 발효시키거나 포도즙을 넣어 색깔을 낸다. 스파클링 와인 역시 어떤 맛과 향도 경쾌하게 바꿔준다. 하지만 천하의 로제나 스파클링와인도 각각 쌈장에 묵은지까지 곁들이는 우리나라의 회 문화에는 역부족이다.

그런데 로제와인과 스파클링 두 가지를 섞어 놓은 로제 스파클링은 우리나라의 고추장과 쌈장을 함께 먹는 최강의 풍미를 자랑하는 회 문화와도 잘 어울린다. 원래 로제 스파클링은 그 화려한 색깔과 낭만적인 맛과 향 때문에 아이스크림이나 케이크와 즐기는 디저트 와인이다.

나는 이 화려함을 풍미 강한 한국식 회를 즐기는 데 끌어 쓴다. 한옥에서 비단 병풍을 쳐 놓고 와인을 마시는 격이지만, 뜻밖에도 조화롭다. 더 좋은 것은 아직 이 와인이 우리나라에서는 대중적이지 않아 일반적인 스파클링와인에 견줘 가격이 착하다는 점이다.

내가 애용하는 로제 스파클링의 하나는 뷕시다. 프랑스 부르고뉴에 있는 이 와이너리는 껍질 벗긴 피노 누아 80퍼센트와 가메 20퍼센트를 블렌딩해서 크레망을 만든다. 부르고뉴에서는 자신의 스파클링와인을 크레망이라고 한다. 샴페인이라는 유럽연합의 원산지 보호법에 따라 이름은 파리 북동부에 있는 샹파뉴 지방의 스파클링와인에만 붙일 수 있다. 프랑스에서는 부르고뉴뿐 아니라 알자스와 론에서도 크레망을 만드는데, 지역의 화이트 품종을 쓴다.

나는 샴페인처럼 피노 누아를 많이 쓰는 부르고뉴의 크레망을 개인적으로는 가장 좋아한다. 크레망의 가격은 대체로 샴페인의 절반 이하이지만 퀄리티는 샴페인과 비슷하다. 산도가 오히려 적어 샴페인보다 더 부드럽다.

뷕시 로제 크레망을 만드는 포도는 둘 다 레드 품종이다. 그래서 이 와인은 보통의 로제보다 붉고 산도가 있다. 마셔 보면 목을 간질이는 청량함과 함께 과일향과 꽃향기가 입안 가득하다. 샤르도네가 갖는 산미 덕에 마무리도 상큼하다. 마늘 쌈장은 물론 묵은지를 곁들인 회와도 잘 어울리는 비결이다. 물론 이 와인은 원래 만든 의도대로 케이크나 과일 같은 디저트와도 찰떡궁합이며, 샐러드와 함께하는 식전주로도 무난하다. 화려하고 예뻐 보이지만 알고 보면 듬직한 친구다.

그런데 이런 묘미를 내 친구들은 잘 모르는 것 같다. 어쩌면 화장품 같은 얄궂은 핑크빛 와인을 쌈장 올린 회와 먹는다는 것을 쑥스러워하는 듯하다. 그래서 나는 친구들이 구박해도 이 와인을 자주 들고 간다. '장밋빛' 계란을 '50대 남성'인 친구들의 통념이라는 바위에 계속 던지고 있는 셈이다. 언젠가 '볼 빨간' 중년이 된 내 친구들이 내게 애원하듯 이 말을 하기를 기대하면서.

"그 화장품 같은 와인, 꼭 가져와!"

남반구 바다의
뜨거운 햇볕을 안주 삼아

/

쿠능가힐 샤르도네

내게 호주 하면 기억나는 것은 태양이다. 몇 년 전 12월 말 눈보라가 한 치 앞을 보기 어려울 정도로 휘날리던 날, 날개에 뜨거운 증기를 뿌려가며 겨우 이륙한 비행기를 타고 호주에 간 적이 있었다. '이런 눈보라에 비행기가 뜰까?' 라는 노심초사 끝에 도착한 호주에는 거짓말처럼 뜨거운 여름이 펼쳐져 있었다.

그렇게 호주 케언즈에 도착해서 한 첫 여행이 정글 투어였다. 정글에서 보면 행운이라는 파란 나비인 율리시즈가 그렇게 신기했던 것은 파란 나비가 주는 색채의 새로움보다 이런 날씨의 극적인 대조감 덕분이었을 것이다. 그때의 강렬한 경험 덕에 남반구 호주 여행의 묘미는 물리적 거리가 주는 인지부조화라고 생각한다.

호주는 음식도 남달랐다. 뜨거운 태양 탓인지 스파이시했다. 서양 요리에서 보기 어려운 아시아 향신료를 다양하게 썼다. 심지어 샌드위치에도 강황과 큐민 같은 향신료를 이용해서 독특한 풍미를 주었다. 커피도 당시 우리나라에서는 생소한 인도 원두를 많이 썼다. 스파이시한 커피 맛은 뜨거운 호주 날씨에 어울렸다.

와인도 호주는 다른 나라와 다른 독특한 기준이 있다. 무엇보다 테루아르라는 단어로 지역성을 중시하는 구대륙과 달리 수천 킬로미터 떨어진 호주 전역에서 좋은 포도를 모아 와인을 만든다. 이런 틀에서 벗어나려는 사고방식은 호주가 1970년대 근엄한 코르크 마개 대신 발랄한 스크루 캡을 와인에 최초로 도입하는 배경이 되었을 것이다.

펜폴즈는 이런 호주의 와인 철학을 잘 보여준다. 펜폴즈는 영국에서 남호주 중심 도시인 애들레이드로 이민 온 의사 크리스토퍼 로슨 펜폴즈가 치료 목적으로 1844년 와인을 만들다 입소문이 나면서 본격적으로 와인 생산에 뛰어들었다. 그러다 그는 1950년대 초 프랑스에 필적할 만한 고품질 와인을 만들겠다는 목표를 내걸고 혁신을 시작했다. 그래서 나온 것이 호주 대표 레드 품종인 시라즈로 만든 그레인지다. 이 와인은 출시되자마자 세계의 유명 와인상을 휩쓸었고, 2001년에는 호주 문화재로 등재되기까지 했다.

펜폴즈는 이런 노력을 화이트와인에도 기울여 1995년 야타나를 출시했다. 그레인지와 동일하게 호주 대륙 각지에서 모은 샤르도네로 만들어 3년이나 숙성한다. 당연히 프랑스 부르고뉴 화이트와인을 뺨칠 만큼 고가다. 적금을 타거나 친구와 갹출해 부르고뉴 화이트와인을 가끔 마시는 내 형편에서는 신대륙의 신 포도 화이트와인이다.

하지만 펜폴즈는 1만 원대부터 10만 원 후반까지 다양한 가격대의 화이트와인을 출시하고 있다. 그 가운데 중간 가격쯤인 쿠능가힐(남호주의 지역명) 샤르도네를 이탈리아 햄인 은두자를 넣어 구운 새우와 함께 마셔 보았다. 은두자는 이탈리아 남부 칼라브리아 고추를 넣어 숙성시킨 맵고 구수한 돼지고기 햄이다. 새우와 함께 구운 파프리카에 작게 썬 토마토와 강황과 큐민을 섞어 만든 모로코식 탁투카 소스도 곁들였다. 호주 바닷가에서 먹었던 이국풍의 새우 요리를 떠올려 만들어 보았다.

매콤한 은두자와 여러 향신료를 곁들인 새우와 차갑게 식힌 쿠능가힐 샤르도네를 함께 마시니 이국적인 곳에 여행을 온 기분이 든다. 방구석에서 타국을 느끼는 기분 좋은 인지부조화는 다양한 향신료를 쓴 퓨전 음식 때문이기도 하지만 호주 이곳저곳에서 모여진 포도의 경험을 녹여 와인을 만드는 호주 특유의 양조 기술 때문일 것이다.

우주만큼 복잡한 와인계는 늘 내 와인 지식의 한계를

그리고 친구와 음식의 소중함도 알게 해준다

일상에서 맛보는
'파리의 심판'

이 한 잔이면 그래도

잘　살아왔다는　착각이

한국 사람은
왜
와인을 겁낼까

최근에 와인 강연을 하고 있다. 전문가는 아니지만 이탈리아로 요리 유학을 갔다가 와인에 눈을 뜬 개인적인 경험을 이야기한다. 나는 이탈리아에 가기 전까지 레드와인을 잘 마시지 않았다. 최소한의 고기만을 먹으려는 식습관도 이유였지만 괜찮은 레드와인이 한국에서는 워낙 고가인 탓도 있었다. 그런데 이탈리아 현지의 레드와인은 너무 맛있고 쌌다. 그래서 레드와인에 대한 생각을 바꾸었다.

원래 나는 가성비 좋고 내가 즐기는 해산물 음식과도 궁합이 좋은 화이트와인을 주로 마셨고, 거의 20년이 되었다. 이런 경험 때문에 내 와인 강연의 무게 중심은 이탈리아 와인과 화이트와인이다.

와인 강연을 들은 수강생들의 반응은 대체로 두 가지다. 먼저 이탈리아 와인과 화이트와인이 그렇게 다채로운지 몰랐다는 긍정적인 반응이다. 한 수강생은 "많은 와인 강좌를 들었는데 대부분 프랑스 레드와인이었을 뿐 이탈리아 와인과 화이트와인 강좌는 처음"이라고 말했다(그는 '프랑스 와인이 지겹다'는 놀라운 말도 했다). 물론 정반대 유형도 있다. 왜 프랑스 레드와인에 대해 강의하지 않느냐는 것이다.

두 유형은 같은 출발점에 있다. '와인=프랑스' 라는 선입관이다. 한국인의 와인 울렁증이 시작되는 지점이다. 유럽에 와인이 퍼진 것은 두 가지 이유다. 하나는 석회암 토양인 유럽에서 물이 좋지 않았기 때문이다. 물보다는 안전한 와인을 마셨다. 다른 이유는 와인이 기독교적 신성을 획득했기 때문이다.

안전하고 성스러운 와인은 유럽에서는 물을 타서 마시는 음료였다. 지금처럼 진한 와인이 등장한 것은 17, 18세기 노예무역으로 유럽에서 자본 축적이 일어나고 이에 따라 고급 와인에 대한 수요가 증가하면서부터였고, 프랑스에서 시작되었다. 이어 프랑스 왕실 요리가 서양 요리의 주류로 떠오르며 프랑스 음식과 와인이 유명해졌다. 눅진한 프랑스 오트퀴진의 전통은 왕이나 귀족의 차별을 위한 음식이었다. 이후 일본이 서구 문화를 추앙하듯 수용하면서 이웃인 우리나라에 '와인=프랑스' 라는 선입견이 전파되었다.

하지만 서양 요리에는 진한 버터와 크림을 얹은 고기 요리만 있는 것이 아니다. 오히려 근대까지 대부분의 유럽인들은 채소 수프와 빵, 염장한 고기를 주로 먹었다. 이런 음식에는 가벼운 와인이 어울린다. 그래서 유럽인들은 와인을 소금과 후추 같은 양념쯤으로 여긴다.

와인의 역사와 문화에 대한 전파가 지체되는 사이에 와인은 과시와 구분을 위한 도구로 우리에게 자리매김했다. 우리는 와인을 제대로 즐기지 못할 뿐 아니라 와인으로 차별받을까 걱정한다. 그래서 우리는 프랑스, 그것도 고가의 레드와인만 알려고 한다. 하지만 고가의 와인은 식탁의 즐거움을 방해한다. 이런 와인은 식탁에 둘러앉은 사람들의 관계를 돈독하게 하는 와인 고유의 기능을 하지 못한다.

기독교에서는 와인을 '예수의 피'라고 말해 왔다. 가난한 목수의 아들인 예수가 수십만 원을 우습게 넘는 고가의 와인과 따뜻한 가족의 식탁 위에 올라온 소박한 와인 가운데 어떤 것을 흡족하게 여길지는 쉽게 알 수 있을 것이다.

마술 같은
파스타와 무심한 듯한
황금빛
/
드 비테 호프슈테터

이탈리아에서 현지인들의 집에 초대받아 가보면 먼저 눈길을 끄는 것은 실내 인테리어다. 아파트라도 3미터가 넘는 높은 층고 덕에 이탈리아 아파트의 공간감은 우리나라와는 사뭇 다르다.

인테리어의 색깔도 남다르다. 이탈리아는 벽지 문화가 아니다. 패션의 나라답게 벽면을 열정적인 톤으로 칠한다. 하지만 가구의 색채는 고전적이어서 전체적으로 조화가 맞다. 화려한 색상의 커튼과 모던한 디자인의 전등 같은 소품으로 전체적으로 고급스럽다는 느낌을 준다. 아프리카에서 왔을 법한 이국적인 식물들도 이런 고급스러움을 한층 부각시킨다.

내가 이탈리아 사람들의 집에서 눈여겨보는 것은 또 있다. 파스타 장이다. 파스타 원조국답게 이탈리아 가정의 주방 수납장에는 각종 형형색색의 파스타는 물론 쌀, 말린 빵 등이 가득하다. 또 토마토소스는 물론이고 전 세계의 향신료, 마르살라 같은 조리용 와인 등을 찾을 수 있다. 가끔 한국 라면과 참기름을 마주칠 때의 그 반가움이란.

파스타 장은 이탈리아식 환대의 출발점이다. 이탈리아 가정의 손님상 차림은 의외로 간단하다. 샐러드 하나에 전통 빵과 각종 살라미를 꺼내 놓고 와인을 내준다. 그것으로 끝날 수도 있는 것이 이탈리아 초대 상차림이다. 그런데 이탈리아 친구들은 함께 와인을 마시며 웃고 떠들다가 갑자기 주섬주섬 일어나 파스타를 말아준다. 이탈리아 사람이 뚝딱 만드는 파스타이지만 참 맛나다. 마술 같다고 해도 과언이 아니다.

2022년 9월 초 이탈리아 토리노에 머물 때, 이탈리아인 친구가 집에 초대해서 만들어 준 시칠리아식 초간단 파스타도 그런 마법의 하나였다. 리코타 치즈와 아몬드, 토마토와 바질을 넣어 믹서로 갈아 크림처럼 만든 뒤 자전거 바퀴를 잘라 놓은 모양의 큼직한 파스타인 파케리에 쓱쓱 버무려 준다. 와인을 마시다 일어나서 너무 쉽게 만들어 '이탈리아 사람들은 다 파스타 장인인가?' 라는 생각이 들 정도였다.

이미 전채로 통밀빵과 산 다니엘레 프로슈토(이탈리아식

산다니엘레 지방의 돼지 뒷다리로 만드는 생햄. 파르마 프로슈토와 함께 가장 유명한 생햄이다), 그리고 라치오(로마가 있는 중부의 주)식 갑오징어 스튜를 스파클링와인과 먹은 뒤였지만, 이 파스타는 입맛을 당기게 했다. 뭔가 빈듯하지만 비지 않은 꽉 찬 맛이었다. 시칠리아 사람들의 지혜로운 레시피 덕도 있겠지만, 큼직한 파케리 면이 주는 압도감도 한몫했다. 파케리는 '손으로 때렸다' 라는 그리스어에서 유래했다.

큼직한 면과 어울리지 않을 것 같은 섬세한 소스의 파스타와 함께 친구가 새로 내준 와인은 호프슈테터의 드 비테였다. 피노 블랑, 뮐러 트루가우 등을 블렌딩한 이탈리아 동북부의 와인이다. 석회암 봉우리가 장관인 남알프스 돌로미티 기슭에서 생산된다. 이 와인은 꽃향과 과일향이 은은해 아몬드와 리코타를 넣은 파스타와 잘 어울렸다.

나의 이탈리아 친구는 이 와인을 즐기는 이유가 상큼한 맛도 맛이지만 병 디자인 때문이라고 말했다. 호프슈테터의 화이트와인 디자인은 은은한 황금빛으로 통일되어 있다. 친구 집의 커튼이나 벽의 장식 등이 차분한 금색인 것과도 무관하지 않은 선택인 듯했다.

　이탈리아에는 '스프레자투라'라는 말이 있다. 르네상스 시대의 궁중 용어였던 이 말은 '힘든 일을 무심하게 처리하는 듯한 태도'를 뜻한다. 이탈리아인들의 기질을 설명하는 데 쓰이는 이 말은 수수하지만 화려한 이탈리아의 인테리어는 물론 단순하지만 복잡한 이탈리아 요리의 특징을 납득시켜 준다. 이탈리아 친구들이 술을 마시다가 무심한 듯이 파스타를 쓱쓱 만들어 오는 것도 이런 기질 덕분이 아닐까.

와인을 마신 뒤에 나는 와인을 알지 못하는 친구들에게

정말 부지런히 와인을 선물했다.

그래서일까,

이제 친구들은 내가 모임 자리에 와인을 가져가면

"그 와인 좀 가져와봐."라는 따뜻한 말을 듣는다

시칠리아를 닮은
'짱짱한 힘'

/

플라네타 테레빈토

이탈리아에서는 매년 107개 도시의 삶의 질 순위를 발표한다. 여기서 늘 최하위권을 맴도는 지역은 시칠리아와 칼라브리아의 도시가 압도적이다. 이 두 주는 20개 이탈리아의 주 가운데에서도 공공예산 편성에 인색한 곳이다.

시칠리아의 많은 도시들 가운데 아그리젠토는 늘 최하위권이다. 거주 환경, 치안, 교육 인프라 부문에서 대부분 꼴찌다. 2018~2019년도 순위에서는 107개 도시 가운데 맨끝이었고, 2020~2021년도 순위도 조금 올라갔다지만 95위였다. 그런데 이곳은 고대 그리스가 만든 신전들이 그리스보다 더 원형을 잘 보존하고 있는 도시로 유명한 관광명소다.

2019년 시칠리아에 갔을 때 그리스 신전들을 보고 싶어 팔레르모에서 아그리젠토행 버스를 알아보다가 깜짝 놀랐다. 아그리젠토가 관광도시인데도 버스가 우리나라 첩첩산중 마을처럼 하루에 몇 번밖에 없었다. 잘못하면 팔레르모로 돌아올 수 없다는 뜻이었다.

이렇게 버스 인심이 박한 것은 이탈리아가 공공예산이

항상 부족하기 때문이다. 내가 다니던 요리 학교가 있던 아스티의 코스틸리요 역시 살림이 넉넉하다는 피에몬테주이지만 일요일에는 시내버스가 아예 다니지 않았다. 이탈리아에서 교통은 각자가 알아서 이동해야 한다. 그래서 시내버스를 타면 노인과 이민자들밖에 없다. 이탈리아 사람들은 대부분 자가용을 이용해 이동한다.

결국 팔레르모에서 훨씬 먼 거리이지만 교통이 편리한 고대 그리스 원형극장이 유명한 타오르미나를 선택해야만 했다. 타오르미나는 버스나 기차가 많은 데다 기차역에서 택시를 타면 금세 갈 수 있는 곳에 위치해 있다. 그래서 아그리젠토라는 도시는 고대 그리스의 빛나는 이상과 시칠리아의 가난한 현재라는 모순된 조합의 도시라는 인상을 받았다.

플라네타는 이런 아그리젠토에서 1980년대 중반 문을 연 늦깎이 와이너리다. 플라네타가 1995년 선보인 첫 작품은 뜨거운 시칠리아에 어울리지 않는 샤르도네였다. 세계 유명 와이너리와 계급장을 떼고 붙어보겠다고 샤르도네로 도전장을 던진 것이다. 샤르도네는 비교적 포도의 개성이 강하지 않아 와이너리의 개성을 입히기 좋은 품종이다. 그래서 대부분의 많은 와이너리가 자신을 알리기 위해 샤르도네를 먼저 만든다.

플라네타의 시도는 보기 좋게 성공했다. 다소 무모해 보였던 이 와이너리의 도전은 한 와이너리의 성공에 그치지 않고 시칠리아 와인 르네상스를 불러올 정도로 큰 반향을 불러왔다.

플라네타의 실험은 이후로도 계속되었다. 이 와이너리의 두 번째 화이트와인 코메타 역시 충격적이었다. 이탈리아 말로 혜성을 뜻하는 코메타는 나폴리가 주도인 캄파니아의 대표적인 품종인 피아노로 만들어졌다.

피아노는 고급 와인을 만들기보다 나폴리의 해산물 음식이나 피자를 받쳐주는 무난한 데일리 와인이다. 그런데 플라네타는 이 피아노의 잠재력을 이끌어내어 코메타를 만들었다. 프랑스 부르고뉴 샤르도네나 론의 비오니에를 떠올릴 만큼 바디감은 치밀하고 향은 짙었다. 코메타는 짙은 꽃향과 탄탄한 구조감으로 토착 품종의 한계를 뛰어넘었다

는 평가를 받았다. 나는 플라네타 샤르도네보다 고고하게
우아한 그래서 약간은 슬픈 코메타를 더 좋아한다.

　혁신적인 화이트와인을 만들어 온 플라네타가 이번에는
시칠리아 토착 품종인 그릴로로 화이트와인을 선보였다.
그릴로는 주로 블렌딩용으로 쓰이는 탓에 우리나라에서는
널리 알려지지 않았다. 하지만 카타라토(시칠리아의 주정
강화 와인인 마르살라를 만드는 품종이다. 카르타고인들이
기원전 6세기 이전에 심은 것으로 추정하고 있다. 북부에
서는 이 품종을 가르가네가로 부른다)와 모스카토를 교배
해 만든 그릴로는 카타라토 산미와 모스카토 당도라는 각
각의 장점을 지니고 있다. 화이트와인을 새롭게 해석해 온
플라네타가 이 품종을 어떻게 양조했을까 무척 궁금했다.
　플라네타의 그릴로 와인인 테레빈토 역시 짱짱했다. 자
몽이나 레몬의 향이 올라왔다가 과일향과 꽃향으로 마무리
되었다. 15도의 온도로 6개월을 스테인레스 탱크에서 숙
성해서인지 약간 달고 가벼운 기존 그릴로보다 확실히 단
단했다. 화이트와인인데도 도수가 14도다. 그래서 2만 원

대 후반 가격이지만 음식 없이 그냥 마셔도 될 만큼의 완결성을 갖추었다.

함께 매칭한 음식은 해산물 라구를 넣은 라비올리였다. 테레빈토의 시트러스 맛과 꽃향, 탄탄한 구조감은 새우살로 속을 채운 라비올리의 풍미를 입안에서 기분 좋게 머물게 했다. 해산물 요리와 함께 하면 음식과 와인의 맛과 향을 상승시키는 이탈리아 화이트와인의 기본에도 충실했다.

그릴로는 대부분의 시칠리아 토착 포도 품종처럼 험난했던 식민 통치의 역사를 머금고 있는 슬픈 포도다. 그릴로는 자신의 이름보다 증류주를 탄 주정 강화 와인 마르살라를 만드는 포도쯤으로 알려져 있다. 시칠리아의 토양과 역사를 와인에 담아 온 플라네타는 이런 그릴로에 새로운 이름을 붙여준 셈이다.

내가 공공예산 부족과 식민지의 역사 탓에 낙후되었다고 발걸음을 돌린 아그리젠토에서는 이처럼 새로운 생각이 와인에 입혀지고 있었다. 어쩌면 아그리젠토에는 그리스 신전뿐 아니라 인간 이성을 강조했던 그리스의 인문학적 전통이 아직 남아 있는 덕분이 아닐까. 이런 플라네타 덕분에 그리스 신전 말고도 아그리젠토에 꼭 가야 할 이유가 하나 더 늘었다.

벗들이
있으니
무슨 상관이랴
/
샤토 딸보 까이유 블랑

와인을 즐기다 보면 지인들끼리 모여 블라인드 테스트나 루프트탑 파티처럼 재미있는 행사를 하게 된다. 음식 페어링도 그중 하나다.

이달 초 한 동호인 모임에서 퓨전 닭꼬치집에서 와인 페어링 내기를 해보자는 제안을 받았다. 다섯 명이 각자 와인을 한 병씩 가져와 닭꼬치와 가장 잘 어울리는 와인을 가져온 사람을 뽑자는 것이다. 상금은 음식값을 면제해주는 것으로 하기로 했다.

동호인들끼리이지만 승부욕이 솟아 《뉴욕타임즈》 같은 외국 언론들의 닭꼬치와 와인 페어링에 대한 기사를 쭉 검색해보았다. 미국 뉴욕 등 주요 도시에 있는 일본 닭꼬치 레스토랑의 와인 리스트를 살피기도 했다. 화이트와인 신봉자인 나는 "최강의 화이트와인을 가져가겠다."라고 큰소리를 쳐 놓은 터였다.

자료를 찾아보니 닭꼬치와 어울리는 화이트와인은 대체로 독일 리슬링, 프랑스와 미국 샤르도네, 뉴질랜드 소비뇽 블랑, 스파클링으로 압축되었다. 리슬링과 샤르도네는 선택의 폭이 워낙 넓어 건너뛰었고, 스파클링은 정정당당

하지 않은 것처럼 느껴졌다. 스파클링은 분명 닭꼬치의 간장이나 된장 양념과도 100퍼센트 어울릴 것이 뻔했다.

고심 끝에 고른 것은 샤토 딸보의 카이유 블랑이었다. 샤토 딸보는 2002년 월드컵 4강 신화를 이끈 히딩크 감독이 이곳 레드와인을 좋아해서 국내에 잘 알려져 있는 프랑스 보르도의 와이너리다. 친근한 우리말 '털보'를 떠올리게 하는 이름은 1453년 백년전쟁 막바지에 보르도에서 전사한 영국의 유명한 장군 존 탈보트에서 유래한 것이다. 프랑스 양조업자가 자신의 와인에 적군의 이름을 붙인 이유는 백년전쟁 이전부터 보르도 와인의 주 소비자가 영국인이었던 탓이다.

딸보의 포도밭은 보르도 좌안의 특성대로 자갈지대다. 그래서 화이트와인인 카이유 블랑(프랑스말로 흰 돌이라는 뜻)도 힘차다. 70~80퍼센트가 섬세한 소비뇽 블랑으로 만드는데도 단단함이 느껴진다. 거기에 프렌치 오크통에서 향을 얻기 위해 통 속을 금속 막대로 저어 주는 작업인 바토나쥬를 한다. 이는 프랑스 부르고뉴 샤르도네 제조법으로, 바닐라와 향신료 향을 와인에 입히기 위한 과정이다. 보르도의 샤토 딸보는 1930년대부터 드라이한 화이트와인을 만들기 위해 경쟁 지역인 부르고뉴의 방법까지 적극 도입한 것이다.

영국 장군의 이름에 부르고뉴 양조 술까지 끌어들인 이 와인 스토리는 국경을 뛰어넘는 퓨전 닭꼬치와 딱 어울린다고 생각했다.

이날 간 닭꼬치집은 짚불을 태워 향을 입히거나 트러플 소스를 이용하는 등 강한 풍미가 특징이었다. 결론부터 말하면 카이유 블랑은 퓨전식 닭꼬치와는 완벽하게 맞지 않았다. 특히 고추나 간장을 많이 쓴 동양식 닭꼬치와 마시면 금속성 맛이 느껴졌다. 하지만 처음 나온 닭테린(고기를 굳혀 차갑게 먹는 전채 요리)이나 마지막의 트러플 소스를 얹은 구운 닭요리와는 잘 어울렸다. 소비뇽 블랑의 발랄함과 오크 숙성의 바닐라와 허브향이 닭살의 잔맛을 향긋하게 마무리해 주었다.

결국 페어링 내기에서 내가 가져간 샤토 딸보의 화이트

와인과 스파클링와인은 물론 이탈리아 레드와인에게도 졌다. 1위는 프랑스의 피노누아 100퍼센트로 만든 샴페인 앙드레 끌루에 엉 쥬르드 1911이었다. 그날 피노누아으로만 빚은 샴페인은 처음 마셔보았는데, 단단하고 산도가 높아 어떤 꼬치 요리와도 어울렸다.

샴페인에게 맞서기 위해 단단한 오스트리아 리슬링이나 향긋한 프랑스 알자스의 게뷔르츠트라미너를 가져갔으면 어땠을까 하는 아쉬움도 들었다. 하지만 닭꼬치 앞에서 앙드레 끌루에 엉 쥬르드 1911에는 상대가 되지 않았을 것이다. 드라이한 화이트와인이 귀한 보르도에서 고유의 품종을 최선의 양조법을 이용해 빚은 카이유 블랑의 독특한 스토리 덕에 내기에 진 것이 아쉽지만은 않았다.

와인 편견 바로잡아준
캘리포니아의 패기

/

켄들 잭슨 샤르도네

미국인들은 캘리포니아 사람들이 다른 지역 사람보다 더 행복할 것이라고 믿는다. 캘리포니아의 온화한 날씨 때문이다. 하지만 실제로 조사해보면 다른 지역 사람들의 삶의 만족도는 캘리포니아와 크게 다르지 않았다. 그런데도 다른 지역 사람들이 '가상의 캘리포니아 이웃'을 의식해 자신이 가진 행복의 조건을 면밀하게 따지지 않는다는 것이다. 행동경제학에서 말하는 초점 착각이다.

내가 그랬다. 미국 와인은 비슷한 가격대의 프랑스의 와인에 견줘 절대로 빠지지 않는다. 오히려 기본기가 프랑스 와인보다 더 좋은 와인도 많다. 물론 어떨 때는 과하다 싶기도 하다. 그래서 프랑스 평론가들은 미국 와인의 농밀함을 '잼'이라며 빈정거리기도 한다. 하지만 나 자신도 비슷한 가격이면 프랑스 화이트와인에 더 손이 가는 것은 어쩔 수 없었다. 이 정도이면 착각이 아니라 프랑스 와인에 대한 맹신이라고 할 수 있다.

이렇게 나를 포함해 우리가 유럽, 특히 프랑스에 경도된 와인에 대한 초점을 갖게 된 것은 이웃 나라 일본 때문이

아닐까 싶다. 우리나라의 근대화가 일본에 의해 강압적으로 시작되었고, 일본이 서구를 보는 시각이 별 비판 없이 우리나라에 이식된 것이다.

일본은 18세기 후반부터 근대화하면서 정치는 영국, 군대와 학문은 독일, 문화는 프랑스를 중시했다. 일본이 프랑스보다 더 많은 미슐랭 프렌치 레스토랑을 가지고 있는 것만 봐도 일본인들이 프랑스에 가진 애정을 알 수 있다. 일본의 프랑스 와인에 대한 호들갑은 일본의 만화책 《신의 물방울》을 보면 금세 느껴진다. 이 책은 사실 프랑스 와인에 대한 예찬처럼 보인다. 와인의 역사를 써 온 이탈리아와 프랑스 와인을 누른 미국, 칠레, 호주 등 중요한 신대륙 와인은 거들 뿐이다. 우리나라도 일본과 다를 것이 없다. 프랑스 와인이 수입 비중의 70퍼센트에 이른다.

켄들 잭슨의 빈트너스 리저브 샤르도네는 나의 초점 착각을 교정해준 캘리포니아 와인이다. 이 와인을 처음 찾아 마신 것은 내가 프랑스에 경도되었다는 자각 덕분이 아니라 정말 우연이었다. '연설의 달인'으로 불린 버락 오바마

전 미국 대통령이 즐긴다는 뉴스를 접하고서였다.

내가 오바마를 좋아한 이유는 연설도 연설이지만, 소수자이면서도 당당한 그의 태도도 한몫했다. 그는 흑인이고 이슬람식 이름을 가지고 있었지만, 그에게서 어떤 그늘도 찾을 수 없었다. 그런 오바마가 집에서 즐겨 마시는 와인이라니 궁금했다.

와인의 첫 느낌은 농밀함이었다. 과일향, 바닐라 향과 버터 향이 느껴졌다. 프랑스 부르고뉴의 고전적인 양조법을 따라 오크통에 7개월간 숙성시키고, 발효 후 침전된 효모 등을 저어 주는 과정인 바토나주를 했기 때문이다. 바토나주를 하면 향과 바디감이 중후해진다. 켄들 잭슨은 서늘한 기후의 캘리포니아 해안가 샤르도네로 만들어 산도도 높다. 이 와인은 산도와 풍미, 바디감이 좋아 해산물 파스타와 피자 같은 일상식이나 치즈와 샤르퀴트리처럼 가벼운 안주는 물론이고 생선구이나 가금류 같은 묵직한 요리와도 잘 어울린다.

켄들 잭슨이 미국에서 26년 동안 샤르도네 와인 가운데 판매 1위를 차지하는 것은 이런 장점 덕분이다. 가격도 프랑스 샤르도네에 견줘 저렴하고 맛도 복잡하지 않고 직설적이다. 이를 단순하게 여기고 이 와인을 쉽게 보는 사람도 있다.

하지만 나는 생각이 조금 다르다. 켄들 잭슨은 1982년 문을 연 비교적 젊은 와이너리다. 그래서 실험적이다. 이 와이너리는 특이하게 샤르도네만으로 다양한 스펙트럼을 갖추고 있다. 빈트너스 리저브 샤르도네를 비롯해 이 와이너리에서 생산하는 샤르도네만 여섯 종류나 된다. 오크 숙성하지 않은 와인부터 40년 넘은 나무에서만 수확한 포도로 빚어 장기 숙성한 샤르도네까지 다양하다. 오크 숙성하지 않은 아반티 샤르도네도 맛있는데, 가격은 오크 숙성한 빈트러스 리저브 샤르도네보다 1만 원쯤 저렴하다. 오크터치가 어떻게 샤르도네를 변하게 하는지 느끼게 해준다.

더 좋은 것은 이 와이너리가 대중과 소통에 힘쓴다는 점이다. 불친절하기 그지없는 프랑스 등 구대륙 와이너리와 달리 켄들 잭슨은 누리집을 통해 자신의 와인에 대한 소개는 물론 페어링할 수 있는 음식 등을 자세히 알려준다. 서

노마, 내파밸리, 오리건 등 주변 지역의 기후 및 지질과 포도 품종에 대한 설명도 입체적이다. 농밀한 맛뿐 아니라 이 와이너리의 친절함은 미국 와인에 대한 나의 착시를 바로잡아 주기에 충분했다.

이 한 잔이면
천 년 이야기는
가뿐하지
/

토마시 아마로네 클라시코

이탈리아에 요리 유학을 가기 전까지 내가 먹은 피스타치오는 100퍼센트 미국산이었다. 미국산 피스타치오는 알갱이가 푸석푸석한데도 가격은 비쌌다. 그래서 나는 늘 비싸고 맛도 그렇게 뛰어나지 않은 미국산 피스타치오 대신 미국산 아몬드를 선택했다.

그런데 시칠리아에서 맛본 피스타치오는 미국산과 달리 더 고소하고 맛이 풍성했다. 색깔도 보랏빛이 돌아 생동감이 있었다(시칠리아의 농산물은 화산 토양 탓인지 무엇이든 보랏빛이 돌았다. 브로콜리마저도). 그래서인지 시칠리아의 젤라토, 피자, 햄 등에 아낌없이 피스타치오가 들어갔고, 시칠리아뿐 아니라 이탈리아 다른 도시에서도 나는 피스타치오 젤라토와 피스타치오 햄을 즐겨 먹었다.

우리나라에서는 이탈리아 피스타치오 자체를 구하기가 쉽지 않았다. 구해도 가격이 미국산의 두 배 이상이었다. 이탈리아 피스타치오는 우리나라에서는 누릴 수 없는 사치쯤으로 여기고 있을 때 얼마 전 우연히 이탈리아 피스타치오를 영접했다. 서울 홍대 앞, 시칠리아 출신의 셰프가 하는 레스토랑의 피스타치오 피자에서였다.

이탈리아산 피스타치오의 가격을 알고 있기 때문에 당연히 미국산 피스타치오 가루를 썼으리라 생각했지만 부드러운 감칠맛이 시칠리아 피스타치오 맛이었다. 감격해하는 나를 보고 이탈리안 셰프인 이반은 활화산인 에트나 서쪽 자락의 브론테라는 유명한 피스타치오 산지의 것이라고 알려주었다. 피자 위에 올라간 나폴리의 부라타 치즈와 볼로냐의 모르타델라 햄도 근사했다. 그날 먹은 피스타치오 피자는 이탈리아에서도 먹어본 적이 없었기 때문에 여러모로 감흥을 주었다.

피스타치오 피자와 함께 이탈리아 북부 베네토 지역의 아마로네를 마셨다. 아마로네는 포도 알갱이를 대나무나 짚 위에 올려 건조해 당도를 높이는 방식인 아파시아멘토로 만든다. 아마로네는 까마귀를 뜻하는 베네토 방언인 코르비나라는 토착 품종을 중심으로 블렌딩한다.

토마시는 전통적인 방식으로 아마로네를 만드는 와이너리다. 선별한 포도를 말려 술을 빚은 뒤 거대한 슬로베니아산 오크통인 보티에 30개월 동안 숙성한다. 말린 포도 덕에 짙고 감미로운 풍미가 특징인데, 체리나 허브향과 함께 발사믹, 브랜디, 초콜릿, 연필심 등의 맛과 향을 느낄 수 있다. 진한 풍미와 강건한 구조감 덕분에 햄, 치즈와 같은 가벼운 음식은 물론 굽거나 조린 고기와도 잘 어울린다. 높은 당도와 15도의 높은 알코올 덕에 한식과도 궁합이 좋다.

아마로네를 만드는 양조술은 고대 로마에 앞서 시칠리아를 지배했던 카르타고에서 시작된 파숨 와인에서 유래되었다. 당시에는 와인 양조 기술이 부족해 와인은 금세 식초로 변질했다. 그래서 포도의 당도를 높여 보존 기간을 늘렸다. 파숨 와인은 로마제국을 거쳐 현재 이탈리아의 파시토 와인으로 계승되었다. 이처럼 이탈리아 음식과 와인을 즐기다 보면 천 년은 우습게 뛰어넘는 풍성한 이야깃거리가 알토란처럼 나온다.

반면에 미국의 피스타치오는 1929년 이란에서 미국 캘리포니아로 가져간 9킬로그램의 씨앗에서 단 한 개의 씨앗이 살아남아 뿌리를 내리면서 재배가 시작되었다. 1970년대 미국은 분쟁이 잦은 중동 지역을 따돌리고 세계적인 피스타치오 수출국이 되었다.

하지만 미국산 피스타치오는 원산지인 페르시아를 거쳐 피스타치오를 받아들인 이탈리아의 피스타치오처럼 종의 다양성과 역사의 깊이에서 오는 풍성한 맛을 기대하기는 어렵다. 카르타고인들이 고안한 와인 제조법을 고대 로마와 중세 베네치아에 이어 현대까지 구현하고 있는 아마로네 와인의 풍성한 이야기 역시 신대륙의 와인이 가지지 못한 깊이가 있다.

와인은 우주가 우리에게 주는 최고의 순간이고 선물이다

와인은 내게 따뜻하고 즐거운 이야기를 선물한다

다만 그 즐거움을 이끄는 데는 약간의 요령이 필요하다

뜨거운
시칠리아가 만든
혁신적인 맛

/

플라네타 샤르도네

이탈리아 유학 시절, 내가 이탈리아 먹거리 가운데 가장 인상적으로 느낀 것 중 하나가 치즈였다.

이탈리아에 가기 전까지 아주 비싼 치즈를 제외하고는 치즈 대부분이 공장에서 자동생산해 네모나게 슬라이스로 포장되어 나온다고 생각했다. 미국식 대량 생산 치즈만 본 탓이었다. 그런데 이탈리아 치즈는 반대였다. 이탈리아 치즈 대부분이 사람 손으로 만들어져 길면 1년이 넘는 오랜 기간의 숙성을 거친다. 심지어 소에게 사료를 먹이지 않고 풀과 건초만 먹인다. 치즈는 미생물의 조화인만큼 조상의 방식 그대로 만들어야 똑같은 맛이 나온다고 생각한다.

재미있는 점은 많은 이탈리아 치즈 가운데 내 입맛을 자극한 것은 우유가 아니라 주로 양젖과 염소젖으로 만든 치즈였다. 양과 염소는 겨울이 번식기이고 봄에 새끼를 낳는다. 인공수정이 가능한 세상이지만 그래도 봄에 나오는 양이나 염소 치즈가 맛이 있다.

북부 피에몬테의 치즈인 로비올라는 염소 치즈다. 로비올라 가운데 아스티 시의 로카베라노라는 마을에서 나오는 치즈가 유명하다. 로카는 바위라는 뜻인데, 이름처럼 이 지역은 아스티에서 가장 높은 800미터 고지대에 위치한다. 우유가 아니라 염소젖 치즈가 발달한 이유를 추측할 수 있다. 높은 산악지대에서는 소보다는 염소를 키우기가 훨씬 쉽다.

로비올라 치즈는 눈처럼 흰색이고 딱딱한 외피가 없는 연성 치즈다. 맛은 시큼하고 강한 향이 난다. 그래서 우리나라 사람들 중에는 이 치즈의 향에 기겁하는 이들도 있었다. 하지만 내 입맛에는 밍밍한 우유 치즈보다 맛있었다. 내가 양과 염소젖 치즈를 우유 치즈보다 훨씬 좋아한다는 것도 이탈리아에서 알았다. 이 치즈와 누에콩 같은 봄의 해콩을 삶아 화이트와인과 먹으면 궁합이 환상적이다.

하지만 한국에서는 로비올라를 구하기가 쉽지 않았다. 같은 염소젖으로 만드는 그리스 페타는 쉽게 접할 수 있는데 말이다. 이런 내게 최근 현직 셰프인 지인이 한국에서도 로비올라가 수입된다는 것을 알고 나를 위해 자리를 마련해주었다. 그 셰프 덕분에 몇 년 만에 맛본 로비올라는 맛을 떠나 반가웠다.

이탈리아 하면 사람들은 여러 가지를 떠올린다. 나는 이탈리아를 하늘로 기억한다. 이탈리아에 처음 갔던 어느 해 3월. 봄에는 늘 그렇듯 서울의 미세먼지는 무려 200마이크로그램이 넘는 사상 최악을 기록했다. 황사의 수도, 베이징과 다를 리 없는 하늘이었다.

그런데 인천에서 출발해 밀라노에 내린 그다음 날, 흰 나무로 만든 숙소의 하얀 덧창을 열고 아침에 본 이탈리아의 하늘은 우리나라 가을 하늘처럼 맑고 푸르렀다. 이탈리아에서는 신을 하느님이라고 하는데, 이 하느님을 칭하는 말 가운데 하나가 치엘로다. 우리말로 하늘이라는 뜻인데, 이렇게 맑은 하늘이라면 매일 우러를 수밖에 없을 것이다. 미세먼지라곤 찾을 수 없는 짙고 푸른 이탈리아의 봄 하늘을 보면서 왜 이 나라가 예술과 종교가 발달했는지 금세 알 수 있었다.

서울에서 만난 로비올라는 내가 처음 본 이탈리아의 파란 하늘을 떠올리게 했다. 이 눅진한 치즈를 지인 셰프가 내준 치아바타와 사워도우에 발라 먹었다. 역시 독특한 풍미가 느껴졌다. 이 치즈와 함께 마신 와인은 시칠리아 와이너리인 플라네타의 샤르도네였다.

플라네타는 1995년 시칠리아에서 문을 연 신생 와이너리다. 창립자는 저렴하게 대량 생산하는 기존의 시칠리아 화이트와인과 달리 '시칠리아를 뛰어넘는 새로운 와인을 만들겠다.'라는 철학으로 1985년부터 이 샤르도네 와인을 기획했다고 한다.

플라네타 샤르도네는 오크 숙성을 하지 않고 가볍게 마시는 대개의 이탈리아 화이트와인과 달리 열두 달 동안이나 프렌치 오크통에서 숙성한다. 그것도 절반 가량은 고가인 새 오크통에 숙성한다. 1996년부터 출시된 이 와인은 바로 다음 해에 이탈리아 와인 평가인 감베로 로소의 최고 등급인 트레 비키에리를 비롯해 국제적으로도 수많은 상을 받았다.

오크 숙성 덕에 이 와인은 열대과일과 버터 꿀맛이 난다. 하지만 미국이나 프랑스의 샤르도네와 달리 질감은 부드럽다. 시트러스, 풀, 꽃의 향도 인상적이다. 미네랄 감도 있어 뒷맛도 여운이 있다. 다만 뜨거운 시칠리아의 기온 탓인지 산도는 약해 조금 차갑게 마시는 것이 내 입맛에는 더 맞았다. 반대로 10도쯤 해서 마시는 것이 더 좋다는 사람도 있다.

시칠리아는 햇볕이 뜨거워 포도나무의 키가 북쪽에 견줘 한참 작다. 그래서 포도의 당도는 높고 산도는 낮다. 이런 샤르도네로 바디감과 맛과 향을 이끌어내기란 쉽지 않았을 것이다. 와이너리의 고민이 느껴지는 대목이다.

스페인어로 행성 혹은 유성을 뜻하는 플라네타는 고대 그리스어로 방랑자를 의미하는 플라네테스에서 유래했다. 500여 년 전 스페인에서 시칠리아로 정착한 플라네타 가문은 방랑자처럼 보인다. 하지만 그 방랑자가 현대 양조학에 입각해 시칠리아를 대표하는 새로운 와인을 만들었다는 것은 흥미롭다.

최초의 치즈는 양젖으로 만들었을 것으로 추정된다. 인간이 양을 가장 먼저 가축으로 길렀기 때문이다. 염소도 비슷하게 사육했을 것이다. 어떻게 보면 양과 염소 치즈가 더 치즈의 원형에 가깝다. 치즈의 어원은 '시다' 혹은 '발효하다' 라는 뜻의 카세우스에서 왔다.

틀을 깨기란 쉽지 않다. 미국산 치즈를 가장 많이 수입해서 먹는 국가는 멕시코, 한국, 일본 순이다. 나도 이탈리아에 오기 전까지 고가의 일부 치즈를 제외하고는 치즈 대부분이 우유로 만들어져 공장에서 나오는 줄 알았다. 미국식 음식 문화에 길들여져 미국식 프레임으로 음식을 바라보고 있었다. 로비올라를 비롯한 이탈리아 치즈는 이런 나의 고정관념을 깨주었다. 이 치즈가 시칠리아 화이트와인의 고정관념에 정면으로 맞선 플라네타 샤르도네와 잘 어울리는 까닭이다.

적금 타는 날
당장 마시러 가자

/

도멘 올리비에 르플레브 뫼르소

나의 와인 선택 기준은 대외적으로는 맛이다. 하지만 공돈이 생기거나 적금 만기로 목돈을 쥐는 날에 마시는 와인은 따로 있다. 나를 실제 움직이게 하는 힘은 맛이 아니라 가성비인 셈이다.

지갑이 두둑해져 지름신이 강림하는 날, 내가 고르는 것은 프랑스 부르고뉴의 뫼르소다. 뫼르소는 탄탄한 바디감에 향도 맛도 우아하다. 한번 따서 마셔 보면 정신줄을 놓아 끝까지 마시고 만다. 공부도 운동도 잘하고, 인사성 밝고, 효심까지 깊은 엄친아를 현실에서 만난 기분이다.

뫼르소는 프랑스 부르고뉴 남쪽의 마을 이름이다. 북쪽의 코트 드 뉘가 피노 누아 품종으로 세계에서 가장 비싼 레드와인을 만든다면, 남쪽의 코트 드 본은 샤르도네로 가장 비싼 화이트와인을 만드는 곳이다.

뫼르소 마을은 우리말로 언덕이라는 뜻의 코트라는 지명처럼 고도가 300미터로 높아 기온차가 크다. 또한 토양이 자갈과 석회암에 기반한 점토질이어서 미네랄이 풍부하다. 화이트와인인데도 불구하고 샤르도네 100퍼센트 와인을 오크통에서 12~16개월을 숙성한 뒤 스테인레스 통에 옮겨 다시 몇 개월 더 숙성한다. 이렇게 2년 가까운 오랜 숙성 기간 때문에 뫼르소의 가격은 일반적인 화이트와인에 견줘 최소 두 배 이상 비싸다.

도멘 올리비에 르플레브는 1984년 도멘 르플레브에서 독립한 젊은 와이너리다. 나는 뫼르소의 와이너리 가운데 올리비에 르플레브를 선호한다. 이 와이너리의 와인은 요즘 유행하는 내추럴 와인처럼 100퍼센트 유기농이다. 밋밋한 다른 부르고뉴 양조장의 디자인에 견줘 겨자색 캡실과 파란색 문장도 눈에 띈다. 부르고뉴 와인의 라벨은 지나치게 수수하거나 지나치게 권위적으로, 와인계의 가장 재미없는 디자인을 구사한다. 이런 부르고뉴 와인들 중에 올리비에 르플레브 병은 단연 내 시선을 끌어당긴다.

뫼르소는 긴 숙성 덕분에 버터 향에 바닐라 같은 풍미가 좋고 무게감도 있다. 그래서 일반적인 화이트와인의 안주인 치즈나 과일은 이 와인과는 잘 어울리지 않는다. 좀더 무게감 있는 해산물이나 가금류가 제격이다. 해산물도 올리브유보다는 버터로 요리하는 것이 더 어울릴 정도로 화이트와인이면서도 바디감이 남다르다.

나는 주로 가자미를 버터로 조리해 생크림 소스를 얹는 뫼니에르나 새우 껍질로 만든 비스크 소스를 곁들인 새우 요리와 함께 이 와인을 마신다. 새우나 가자미 모두 날씨가 쌀쌀해지는 9월이 제철이다. 이 와인은 버터로 익힌 새우 살이나 가자미 살이 가진 풍미를 입안 가득 증폭시키는 마력을 갖고 있다. 마지막에는 코끝에서 느껴지는 꽃과 과일향으로 여운을 준다.

더 즐거운 것은 이 와인을 처음 따서 마실 때와 나중에 실온에서 와인의 온도가 살짝 올라갔을 때의 맛이 완전히 다르다는 점이다. 처음에는 시트러스의 차고 단단한 맛이 느껴진다면, 시간이 갈수록 꽃향기와 열대과일 맛이 난다. 옅은 바닐라나 백후추 같은 향신료의 힌트를 찾는 것도 즐겁다. 숙성 기간이 짧아 시간이 갈수록 맵시가 흐트러지는 다른 화이트와인과 달리 단아하면서도 만개한 형용 모순의 모습을 보여주는 이 와인의 매력에 빠질 수밖에 없다.

올리비에 르플레브는 뫼로소뿐 아니라 화이트와인 가운데 가장 고가인 퓔리니 몽라셰와 샤사뉴 몽라셰도 생산한다. 몽라셰 가운데 슈발리에 몽라셰나 로마네 콩티의 몽라셰는 생산연도에 따라 가격이 1백만 원을 훌쩍 넘는다. 몽라셰는 뫼르소 바로 옆 마을인데, 그랑 크뤼 등급의 포도원이 포진해 있다. 뫼르소에는 그랑 크뤼는 없고, 한 단계 낮은 프리미에 크뤼만 있다.

하지만 나는 하이엔드에서 한 등급 낮은 뫼르소로도 충분하다. 내 지갑을 움직이는 힘이 가성비인 탓은 아니다. 몽라셰를 신 포도쯤으로 여기는 인지부조화는 더더욱 아니다. 나는 와인을 음식의 한 범주로 본다. 그래서 내가 지불할 와인 값이 음식값보다 비싸서는 곤란하다고 여기고, 내게 버터로 요리한 해산물 요리와 어울리는 궁극의 와인은 아직까지는 뫼르소다.

상큼한
내추럴 와인에
마음의 문이 열리다
/

페르랑 팡팡

내가 요즘 '핫하다'는 내추럴 와인을 즐겨 마시지 않는 것은 어찌 보면 당연했다. 내추럴 와인은 화학비료와 농약은 물론 현대식 농기계를 사용하지 않고 기른 포도로 만든 술이다. 인공 배양 효모 등 인공 첨가물조차 넣지 않는다. 심지어 태양이 아니라 달의 움직임을 기준으로 포도를 키운다.

내가 이런 와인에 별 관심이 없었던 것은 이탈리아에서 와인을 경험했기 때문이다. 이탈리아의 유명한 와이너리는 포도에 물도 화학비료도 주지 않는다. 이를 어기면 원산지 보호인증(DOC)을 받지 못한다. 유기농 재배 와이너리도 흔하다. 이탈리아보다 더 고급을 추구하는 프랑스 와인도 마찬가지다. 이미 많은 와인이 유기농 재배를 해왔다.

내추럴 와인은 핸드메이드와 월력을 따른 바이오 다이나믹을 추구한다. 하지만 이탈리아 DOC 와이너리는 미국 등 신대륙 와이너리에서 쓰이는 괴물처럼 생긴 현대식 농기계 대신 손으로 포도를 딴다. 독일 라인강 주변에서 생산하는 와인은 지형상 농기계가 포도밭에 진입하는 자체가 불가능하다. 이미 프랑스와 이탈리아 일부 와이너리는 바이오 다이나믹까지 해오고 있다.

내가 좋아하는 시칠리아 와이너리 플라네타도 그중 하나다. 플라네타 와인을 사면 월력 달력을 나눠주기도 했다. 그래서 이탈리아 친구들이나 와인 전문가들은 "왜 비싼 돈을 주고 아마추어 와인을 마시냐?"라며 내추럴 와인을 비판한다.

물론 이탈리아에서 내추럴 와인을 몇 차례 마셔보기는 했다. 호기심이었다. 하지만 필터링을 하지 않아 정제되지 않은 맛과 향기가 느껴졌다. 프랑스 부르고뉴의 뫼르소처럼 쨍하게 명징한 와인을 좋아하는 내게는 내추럴 와인은 사실 별 매력이 없었다.

하지만 서울에서는 이야기가 좀 달랐다. 많은 이들이 내추럴 와인을 선호했고, 특히 여성들의 선호도가 높았다. 와인 모임을 하면 많은 여성들이 자신이 즐기는 내추럴 와인을 가져왔다. 여성들이 내추럴 와인을 좋아하는 이유는 간단하다. 인공의 손길을 줄여 건강하다는 기대감 때문이었다.

수많은 첨가물과 화학물질이 들어간 생활용품에 노출된 현대인들이 좀더 건강한 음식과 음료에 관심을 갖는 것은 어쩌면 당연한 본능이다. 가족의 건강을 책임지는 역할을 맡을수록 이런 부분에 좀더 민감하다.

라벨이 기존 와인처럼 권위적이지 않고 예쁘고 창의적이라는 것도 이유다. 이는 와인의 역사 자체가 서양 중심의 남성적이고 자본주의적이어서 이에 대한 일종의 반발심에서 내추럴 와인을 선호한다는 것이다. 어렵고 복잡한 라벨보다 개나 강아지 혹은 개구리가 그려 있는 심플한 내추럴 와인의 자연스러운 라벨에 손이 간다는 이야기다. 납득이 가는 이유다.

이런 트렌드 때문에 서울의 와인바나 레스토랑 가운데 내추럴 와인만 파는 곳이 늘고 있다. 트렌드에 민감하고 SNS에 능한 젊은 한국 여성의 취향을 겨냥한 것이다. 와인 모임을 자주 하다 보니 이런 곳을 가끔 간다.

그런데 놀랍게도 이런 와인바는 기성세대가 알고 있는

와인바와 사뭇 달랐다. 인테리어도 안주도 와인만큼 달랐다. 거대한 샹들리에로 고급스럽지만 밝고 환하다. 40~50대 남성들이 아니라 20대와 30대 여성들이 좋아할 만한 개방감이 느껴진다. 안주도 눅진한 라구 소스 라자냐에 모듬 치즈 같은 빤한 것을 내놓지 않았다.

얼마 전 내추럴 와인만 파는 서울 중구의 한 바에서 여러 병의 와인을 마셨다. 타파스처럼 적은 양의 안주를 내놓는 곳이라서 와인이 바뀔 때마다 계속 안주를 시켜야 했다. 안주는 1, 2만 원대로 착한 가격이었다. 그렇게 주문한 접시 가운데 하나가 바질페스토를 올린 골뱅이였다. 특이한 조합이었지만, 적절하게 삶긴 골뱅이와 바질페스토의 균형이 좋았다.

마침 나왔던 프랑스 론 지역의 와이너리 라 페름므 데 셉트 륀이 생산한 페르랑 팡팡과 잘 어울렸다. 팡팡이라는 이름처럼 따를 때 미세한 거품이 올라온다. 거품이 자연발생하는 펫낫이다. '일곱 개 달이 뜨는 농가'라는 뜻의 이 와이너리의 모든 라벨에는 달을 상징하는 로고가 그려 있다. 월력을 따라 만든다는 의미다. 이곳에서는 론 지역의 화이트와인인 비오니에로 컬트 와인(소량 생산 고품질 와인)을 만든다.

이 와인을 주문한 것은 내가 섬세한 비오니에 품종과 스파클링을 좋아하기 때문이었다. 비오니에의 상큼한 바탕에 내추럴 와인의 복합적인 향과 펫낫의 귀여운 거품이 올라왔다. 맵게만 먹는 골뱅이의 재해석도, 우아한 비오니에의 새로운 해석도 마음에 들었다. 장점보다 결점을 주로 느낀 내추럴 와인에 대한 생각이 바뀌는 순간이었다.

'일곱 개 달이 뜨는 농가'의 고집 덕에 그날 내추럴 와인을 좀더 가깝게 느낄 수 있었다.

봄가자미 구이에
입맛 돋우는
황금빛 와인을
/
상세르 푸르니에 쇼두욘

내가 마신 와인의 8할이 화이트다. 그중에 절반쯤은 소비뇽 블랑이다. 처음에는 뉴질랜드 소비뇽 블랑을 주로 마셨지만, 원산지라는 프랑스 와인을 찾기 시작했다.

프랑스 소비뇽 블랑을 마셔 보니 신기했다. 산도와 향기가 주는 명징함은 뉴질랜드가 확실한데, 뼈대나 여운은 프랑스 소비뇽 블랑이 뛰어났다. 풍미의 절댓값은 작지만 입체적이고 옹골찼다. 뉴질랜드 소비뇽 블랑에 없는 미네랄도 느껴졌다. 이런 프랑스 소비뇽 블랑 가운데 가장 눈에 띄는 것이 상세르였다.

상세르는 프랑스 중부 루아르 지역의 도시다. 상세르는 1천 킬로미터가 넘는 프랑스에서 가장 긴 강인 루아르강 상류에 위치해 있다. 상세르는 강 하구의 낭트와 인접한 보르도보다 내륙인 부르고뉴와 가깝다. 그래서 이곳은 우리나라 대구처럼 여름은 덥고 겨울은 추운 대륙성 기후다. 포도의 당도와 산도가 높을 수밖에 없다.

프랑스 상세르는 넷플릭스 드라마 〈에밀리, 파리를 가다〉에서 놓치지 않고 마셔야 할 와인으로 언급하면서 인기를 끌기도 했다. 푸르니에 와이너리의 상세르는 확실히 그런 느낌을 준다. 깔끔하고 상큼하면서도 복합적인 풍미가 있기 때문이다.

와이너리 프루니에는 1926년 문을 열었다. 이곳은 상세르 지역이 프랑스 와인 최고 등급 인증을 받는 데 크게 이바지한 전통 있는 와이너리다. 부르고뉴처럼 피노 누아 같은 레드와인도 생산하지만 주력은 화이트와인인 소비뇽 블랑이다. 프루니에 와이너리 누리집을 보면 현재 생산하는 상세르 종류만 열두 가지다. 이 가운데 내 눈길을 끈 것은 그랑 퀴베 쇼두욘이었다.

상큼한 풀 향기가 특징인 소비뇽 블랑은 보통 초록색 등 밝은색 병에 담긴다. 프루니에 상세르의 일부도 수박색 병에 출고된다. 하지만 그랑 퀴베 쇼두욘은 특이하게 황금색 병을 쓴다. 황금색 소비뇽 블랑은 '뜨거운 냉면' 처럼 낯설어 보인다.

황금색 병은 이 와인의 상징성 때문이다. 이 와인은 프루니에 와이너리에서 가장 오래된 30~50년생 나무에서 선별한 포도를 쓴다. 이런 포도로 만든 와인의 80퍼센트는 스테인레스 탱크에, 20퍼센트는 새 오크통에 각각 6~8개월을 숙성해 블렌딩한다. 그래서 이 와인은 소비뇽 블랑치고는 긴 10년 이상을 견딜 수 있다. 평론가들이 이구동성으로 "2년 뒤에는 더 맛있을 것 같다."라는 평가를 남긴 까닭이다. 이런 양조법은 상세르와 거리가 가까운 부르고뉴 화이트에서 영감을 받았다.

이 와인이 도버해협의 특산물인 가자미와 어울린다는 이야기를 듣고 봄가자미를 오븐에 구워 크림소스와 파프리카소스를 얹어 마셔 보았다. 봄가자미의 부드러운 살과 크림소스는 이 와인에 잘 어울렸다. 이 와인을 마셔 보면 소비뇽 블랑 특유의 쨍한 맛과 레몬, 잘 익은 배 맛이 느껴진다. 그리고 작은 조약돌 같은 미네랄 감과 오크 터치의 특징인 열대과일 맛이 느껴지면서 풍부한 여운을 준다.

놀라운 것은 산도다. 선별된 포도 덕분인지 양조법 덕분인지 산도가 마지막 한 모금을 마실 때까지 흐트러지지 않았다. 내가 마신 와인은 2017년 빈티지였는데, 장기 숙성한 부르고뉴 샤르도네나 샴페인처럼 쨍쨍했다. 이 와인이 소비뇽 블랑 가운데 특이하게 닭고기 등 가금류와 어울린다고 하는 이유를 알 것 같았다.

쇼두욘이라는 이름은 프루니에 와이너리가 있는 버디니 마을의 중심가 이름인 쇼두에서 따온 것이다. 쇼두욘은 프랑스어로 '쇼두에서 온 소녀'라는 뜻이다. 하지만 기존 소비뇽 블랑을 넘어서려는 의지로 충만한 이 와인은 발랄한 소녀보다는 지혜롭고 우아한 여인이 더 어울린다. 이 와인이 멋진 황금색 병에 담긴 까닭일 것이다.

순수함을 머금은
엄친아 중의
엄친아

/

누알라 소비뇽 블랑

뉴질랜드 소비뇽 블랑은 와인계의 '엄친아'다. 우리나라뿐 아니라 전 세계 와인 소비자들이 많이 참고하는 와인 커뮤니티 비비노의 평점(5.0 만점)이 대부분 4점대를 기록하고 있기 때문이다. 5만 원대의 고가 와인뿐 아니라 2만 원대의 중저가 와인들도 대부분 그렇다.

물론 비비노 평점은 와인 구매 시 단순한 참고용이다. 내가 목돈이 생기면 사서 쟁여 놓는 10만 원대의 이탈리아 바롤로는 비비노 평점이 대부분 3.8~4.1점 수준이다. 물론 비비노 평점은 로버트 파커 포인트처럼 전문가의 의견보다는 다수의 사용자들이 매기는 별점을 정량적으로 제공하는 것으로 알려져 있다. 이런 시스템은 저가의 신대륙 와인일수록 소비자가 많이 마시기 때문에 별점이 높을 가능성이 있다. 그래서 참고만 할 뿐 절대적인 평가라고 하기 어렵다.

이런 뉴질랜드 와인 중 평점이 가장 높은 것이 누알라 소비뇽 블랑이다. 2018년 빈티지는 무려 4.5점을 받았고 2022년 것도 4.4점이다. 2018년 빈티지는 비비노에서 그해 수많은 화이트와인들 중 1위로 뽑히기도 했다. 물론 뉴질랜드 소비뇽 블랑을 사시사철 즐기는 내게 비비노 평점은 그렇게 고려의 대상은 아니다. 하지만 4.5점이라니?

이 정도면 엄친아 중에 엄친아 아닌가. 그래서 늘 호기심이 생겼던 와인이다. 비비노 4.5점이 어느 정도냐 하면 프랑스의 부르고뉴나 보르도 레드와인이나 아주 고급 샴페인 정도가 받는 아주 높은 점수다. 샴페인의 경우에도 일반적인 것은 4.1~4.2점 수준이다. 그러니 누알라에 관심이 갔던 것이다.

5월 날씨가 너무 좋았던 토요일, 후배 부부가 도봉산 정상이 보이는 자신의 집 옥상에서 바비큐 파티를 한다고 나를 초대했다. 이날 함께 초대받은 일행 가운데 한 사람이 이 와인을 들고 와 '엄친아 가운데 엄친아'를 만날 기회를 가졌다. 나는 바비큐라고 해서 으레 고기 중심일 줄 알고 이탈리아 레드와인을 들고 갔다.

하지만 전직 셰프인 후배의 남편은 수박부터 구웠고, 널찍한 옥상에서 키운 루콜라와 민트, 시소 잎에 올려 샐러드로 내주었다. 루콜라, 민트, 시소 잎은 후배 옥상에서 직접 키운 것이었다.

도봉산 정기를 머금은 살랑살랑 미풍을 맞으며 구운 수박 샐러드와 함께 마신 누알라는 정말 상큼했다. 누알라는 마오리족 말로 '순수'라는 뜻인데, 이름 그대로였다. 쨍하면서도 섬세했다. 가냘프고 우아한 백조의 날갯짓과 하얀 레이스의 식탁보에 놓인 열대과일의 정물이 떠올랐다.

이어서 갑오징어가 그릴에 올려졌다. 갑오징어 바비큐는 갑오징어를 무척이나 즐기는 이탈리아에서도 잘 보지 못했다. 이탈리아에서는 주로 토마토소스와 콩과 함께 졸여 먹는다. 누알라와 갑오징어 바비큐 매칭은 좀더 짜임새가 있었다. 여릿여릿해 보이는 누알라의 반전이었다.

누알라는 향을 끌어내기 위해 저온에서 발효한다. 또 화이트와인으로는 특이하게 약간의 찌꺼기와 함께 발효해 중층적인 향을 입혔다. 여기에 약간의 미네랄 감도 있어 그릴에 구운 갑오징어의 풍미에도 와인이 전혀 밀리지 않았다. 4.5점을 받은 '순수'(누알라)에는 나름의 꼼꼼한 연출

이 있던 셈이다.

누알라를 생산하는 뉴질랜드 와이너리는 2010년 프랑스 보르도 출신 양조가를 영입했다. 테루아를 강조하는 프랑스 양조법의 정석대로 와이너리가 있는 뉴질랜드 지역의 특징을 와인에 반영하려고 노력했다. 누알라 와인이 라벨에 암모나이트의 화석을 그려 놓은 것도 이런 이유에서다.

해가 지자 후배의 집 옥상에는 빨랫줄처럼 걸어 놓은 알전구가 켜졌다. 휴일에 캠핑을 즐긴다는 후배 부부의 젊은 감각에 모두 감탄하고 있을 때, 옥상에 설치해 놓은 블루투스 스피커에서는 선우정아의 〈도망가자〉가 흘러나왔다.

도망가자/ 멀리 안 가도 괜찮을 거야/ 너와 함께라면 난 다 좋아

도봉산을 보면서 설악산쯤에 앉아 있다고 착각이 드는 것은 노래 가사처럼 탁 트인 풍광과 맛있게 구워진 바비큐 음식과 상큼한 누알라 와인 덕분일 것이다. 수억 년을 견

디는 암모나이트 껍질처럼 딱딱하고 아름다운 추억을 또 하나 새기는 토요일 저녁이었다.

'왕의 와인'을
빚은 솜씨로 만든
'공주의 와인'

/

피에몬테 가비

요즘 오래 살고 볼 일이라는 감탄을 자주 한다. 매일 매일 제법 놀라운 일이 펼쳐지고 있기 때문이다. 그중 하나가 배달음식이었다.

나는 코로나19 전까지 배달음식을 즐기지 않는 편이었다. 그런데 코로나19로 사회적 거리두기가 시작되면서 밖에 나갈 수 없어서 자연스럽게 배달음식을 찾는 빈도가 늘어날 수밖에 없었다. 솔직히 처음에는 고역이었다. 맵고 짠 고기 음식을 좋아하지 않는 내게 배달음식을 고르기란 쉽지 않은 일이었다. 배달음식은 대부분 고기 음식이거나 맵고 짠 음식이 주였기 때문이다. 하지만 하다 보니 요령이 조금씩 생겼고, '이런 음식이 배달된다고?' 라는 의문을 가질 법한 놀라운 음식들이 나타나기 시작했다.

놀란 배달음식 중 하나는 병아리콩을 주축으로 한 중동식 채식 도시락이었다. 일반적으로 샐러드 도시락은 남자가 끼니로 먹기에는 너무 가볍다. 그래서 대부분 닭가슴살이나 연어 살을 얹어 주는데, 이런 샐러드의 맛은 안타까움만 더했다.

그런데 최근 내가 즐겨 먹는 채식 도시락은 병아리콩을 삶아 참깨, 올리브유 등과 으깨 만든 홈무스를 베이스로 하는데, 아주 든든했다. 도시락에는 피타라는 그리스 이름으로 알려진 중동식 납작빵인 쿠브즈 아라비도 함께 넣어 준다. 아보카도, 당근, 양배추, 올리브절임 등을 함께 넣어 주어 채소만으로도 풍성한 맛을 더한 아이디어도 좋았다. 정말 탄탄한 구성이었다. 이 도시락 덕분에 나는 2020년을 우리나라 '채식 도시락의 원년'으로 여길 정도다.

이렇게 실하면서 세련된 도시락을 주문할 때마다 나는 내가 좋아하는 화이트와인 가비를 따곤 한다. 가비는 이탈리아 북부 피에몬테주 알렉산드리아의 마을 이름으로, 이곳의 코르테제라는 지역 포도 품종으로 만드는 화이트와인이다.

피에몬테를 대표하는 레드와인인 바롤로만큼은 아니어도 가비도 피에몬테 화이트로는 꽤 유명하다. 가격도 이탈리아 화이트와인치고는 싼 편이 아니다. 현지에서도 20유로는 훌쩍 넘는 고가다. 하지만 한번 마셔보면 이 와인에 왜 가비 혹은 가비아라는 공주의 전설이 붙었고, 이것이

어떻게 지역명이 되었는지 금방 짐작할 수 있다. 가비아 공주는 왕을 지키는 호위 기사를 사랑했는데, 아버지인 왕이 이를 반대했다. 하지만 가비아 공주는 멀리 국경을 넘어 사랑의 도피를 하면서까지 아버지를 설득해 끝내 기사와 결혼했다는 전설이 와인에 담겨 있다.

아름다운 전설처럼 향과 맛에서 우아함이 묻어난다. 가비는 배, 사과, 라임 같은 과일향과 꽃향기가 마지막 한 방울까지 농밀하다. 화이트와인의 대명사인 샤르도네나 소비뇽 블랑과 또 다른 결의 맛과 향을 느낄 수 있다. 이탈리아의 화이트 토착 포도 품종의 맛이 약간 입체적이지 않은데, 코르테제는 샤르도네보다 더 입체감이 느껴지는 몇 안되는 멋진 포도다.

특히 코르테제 포도 품종이 가진 당도 덕에 가비는 기포가 저절로 생긴다. 이 천연 기포는 가비의 우아함에 상큼함까지 더해준다. 그래서 가비는 뉴질랜드 소비뇽 블랑과 함께 우리 집에서 가장 즐겨 마시는 화이트와인이다.

화이트와인을 비교적 가볍게 만드는 이탈리아이지만, 가

비는 제법 오랜 기간인 6개월을 스테인레스통에서 숙성시켜 출고한다. '왕의 와인'으로 불리는 바롤로를 만들어 온 피에몬테 양조자들이 작심하고 만든 화이트와인이라고 할 수 있다. 바롤로 와인이 왕의 와인으로 불리는 것은 샤르데냐왕국 왕실에 공급된 와인이며, 1861년 이탈리아가 통일된 기념일에 축하주로 선택되었기 때문이다.

왕의 와인을 만들던 사람들이 만든 가비처럼 제법 귀한 와인을 배달음식과 함께 마시는 것은 어찌 보면 불경이다. 하지만 내 입장에서 보면 대한민국이 채식을 선호하는 사람의 취향마저 섬세하게 존중해주는 사회가 되었다는 것이 더 놀라운 일이다. 거기에 병아리콩 소스, 피타, 아보카도, 올리브절임까지 넣어 주는 국제적인 감각까지 갖춘 도시락은 귀한 가비를 내놓기에 조금도 부끄럽지 않은 차림이라고 할 수 있다.

30년 지나도
프랑스를 압도하는
미국 와인

/

샤토 몬텔레나 샤르도네

1976년 '파리의 심판'은 미국 《타임》지가 단독 보도했다. 미국 독립 200주년을 맞아 기획한 미국이나 프랑스 와인의 블라인드 테스트에 누구도 미국 와인이 프랑스 와인을 이길 것이라고 생각하지 않아 《타임》지 기자 한 명만 빼고 기자들이 행사장을 찾지 않았기 때문이다. 참석한 기자도 미국 와인이 이기리라 생각하지 않고 현장에 갔다고 한다.

하지만 당시 아무도 눈여겨보지 않은 미국 와인은 프랑스 와인을 압도했다. 레드와인뿐 아니라 화이트와인도 미국 와인이 1위였다. 설욕을 다짐한 프랑스는 10년과 30년 뒤에 각각 미국 와인과 붙었다가 또다시 미국 와인에 1위 자리를 내줘야 했다. 이렇게 되자 프랑스 와인업계는 미국 와인의 약진을 인정하지 않을 수 없었다.

화이트와인에 관심이 많은 나는 '파리의 심판' 때 화이트 부문 1위를 했던 샤토 몬텔레나가 늘 궁금했다. 어떻게 내가 좋아하는 뫼르소나 몽라셰를 따돌렸을까가 궁금했다. 그래서 세일을 하거나 목돈이 생길 때마다 한 병씩 사 놓았다. 가격은 내가 좋아하는 프랑스 뫼르소나 몽라셰보다 저렴하다. 미국산 파 니엔테 샤르도네보다 싸지만 10만 원대로 싼 가격은 아니다. 하지만 내가 이 와인을 쉽게 따지 못한 것은 가격 때문만은 아니었다.

샤토 몬텔레나 샤르도네는 동유럽인 크로아티아 출신 이민자인 미엔코 마이크 그르기치의 작품이다. 1923년생인 그는 크로아티아의 가난한 산골 마을에서 양치기 소년으로 유년 시절을 보낸 뒤 제2차 세계대전 이후 크로아티아의 대학에서 양조학을 배웠다. 1954년 독일에 교환학생으로 가겠다며 여권을 발급받은 뒤 32달러만 들고 공산 정권인 유고를 탈출해 4년 만에 여러 나라를 거쳐 천신만고 끝에 원하던 미국으로 건너갔다.

그는 1969년부터 '나파밸리의 아버지'로 불리는 로버트 몬다비와 함께 레드와인을 만들어 나파밸리의 유명인사가 되었다. 1882년에 설립했지만 금주법 이후 50여 년이나 방치된 샤토 몬텔레나에 스카웃되어 1972년부터 샤르도네를 양조했다. 이렇게 우여곡절 끝에 그르기치가 양조하기 시작한 지 2년만인 1973년 빈티지 샤르도네는 '파리의 심판'에서 화이트와인 부문 1위에 오른 것이다.

드라마틱한 스토리의 샤토 몬텔레나를 치즈나 과자 조각을 먹으며 마시고 싶지 않았다. 좋은 친구, 좋은 음식과 함께 이 와인의 스토리를 이야기하면서 마시고 싶었다. 그러다 보니 와인을 산 지 무려 3년이 되던 지난 5월 말, 드디어 이 와인과 함께 할 멋진 친구, 좋은 레스토랑이라는 세 개의 톱니바퀴가 딱 맞는 날을 맞을 수 있었다.

요식업계에 발이 넓은 후배의 소개로 합리적인 가격의 프렌치 레스토랑을 찾았다. 특히 이 레스토랑은 대게, 잿방어, 줄전갱이, 피문어 등 갈 때마다 바뀌는 해산물 메뉴가 인상적이었다. 그런데도 가격은 일반 프렌치 레스토랑의 3분의 1이었다. 점심은 코스인데도 3만 원대였다. 그래서 갈 때마다 쟁여 놓은 샤토 몬텔레나를 마시기에 최적의 장소라는 생각이 들었다.

3년을 기다림 끝에 딴 샤토 몬텔레나는 역시 소문처럼 산도가 쨍쨍했다. 하지만 이내 복숭아와 살구 향이 올라오면서 이날의 스페셜 메뉴인 스페인산 생참치 카르파쵸와 환상적인 조합을 이루었다. 메인인 양고기를 먹을 때쯤

에야 와인이 온전히 열려 새 프렌치 오크 10개월 숙성으로 얻은 향신료와 열대과일의 섬세한 향을 느낄 수 있었다. 그래서 메인요리 뒤, 프로마주로 마스카포네 치즈 두부를 시켜 먹었다. 이 와인은 적어도 2시간 이상 브리딩해야 제맛을 느낄 수 있다. 샤토 몬텔레나 화이트와인이 40년까지 보관된다던 말이 이해가 갈 정도로 바디가 단단했다.

일반 소비자들은 와인 비평가처럼 와인 선택에 많이 신경쓴다. 하지만 중요한 것은 와인이 아니라 선택한 와인을 함께 즐길 멋진 음식과 사람이다. 좋은 와인과 함께 마주한 음식, 사람이 이루는 삼위일체는 이처럼 스토리 있는 와인의 울림을 더 크게 만든다. 이런 와인을 만나는 순간순간이 모이면 인생은 분명히 달라질 것이다.

비 쏟는 밤에
만난
'맑고 단단한 알프스'

/

브륀들마이어 그뤼너 벨트리너 와인

누구에게나 일상이 있다. 하지만 일상에서 우리 의지대로 할 수 있는 것은 생각만큼 많지 않다. 공부도, 직업도, 사랑도 뜻대로 되지 않는다. 손아귀에서 빠져 나가는 모래알 같은 것이 우리네 인생이라고 알려주는 고대 그리스 비극에 나이가 들수록 소름이 돋는 이유다.

그래도 일상의 중력이 잠깐 멈추는 순간이 있다. 그것은 끼니다. 우리는 운명과 달리 끼니는 선택할 수 있다. 물론 시간과 비용이라는 단서가 붙는다. 끼니는 누구에게는 단순한 열량을 섭취하는 경제 행위일 수 있지만, 누구에게는 생활의 중력에서 벗어나는 구원의 순간일 수 있다. 와인은 끼니를 구원하게 하는 마법이다. 나는 주로 화이트와인으로 식탁에 주문을 건다. 화이트와인에는 레드와인에는 없는 사랑스러운 책임감이 있다. 화이트와인의 책임감은 여러 갈래에서 발휘된다.

첫째, 음식과 매칭이다. 화이트와인은 당도와 산도라는 놀라운 잠재력을 지니고 있다. 덕분에 많은 음식을 포용한다. 심지어 고기마저도 끌어안는다. 둘째, 화이트와인은 어떤 자리도 화사하게 만든다. 레드와인처럼 까다롭지 않고 차갑게만 하면 맥주처럼 안주 없이도 마실 수 있다. 브런치, 집들이, 피크닉을 비롯해 어떤 자리에나 어울리는 친화력도 갑이다. 마지막으로, 암약하는 화이트와인 예찬론자들을 만나게 해준다. 화이트와인을 좋아하는 사람들은 과시보다는 일상의 소소함으로 와인을 대한다. 화이트와인처럼 내성적이지만 우리는 금세 동지가 된다. 이런 동지들은 결코 헤아림이나 허세로 사람을 대하지 않는다. 화이트와인처럼 맑고 투명하다.

이렇게 화이트와인을 예찬하다 알게 된 선배가 있다. 의학을 전공하기 위해 유럽 유학을 갔다가 와인에 빠졌고 결국 소믈리에가 된 독특한 이력의 소유자다. 이 선배가 얼마 전 오스트리아에 여행을 갔다가 나와 마시겠다고 그뤼너 벨트리너 와인을 구입해 귀국했다. 하지만 번번이 서로 일정이 맞지 않아 만나지 못했다. 선배는 "오스트리아에서 가져온 와인, 이쯤에 마시자."라는 주변의 많은 회유에도 불구하고 나를 위해 와인을 잘 보관했고, 드디어 장맛비가 퍼붓던 지난 6월 말 이 와인을 함께 마셨다.

오스트리아의 토착 품종인 그뤼너 벨트리너로 만든 화이트와인은 향과 맛은 리슬링, 소비뇽 블랑과 비슷하면서도 산도와 당도는 샴페인을 연상하게 할 만큼 기품 있었다. 알프스의 눈 덮인 봉우리처럼 차고 맑고 단단했다. 이 포도는 보통 석회암 토양이 많은 유럽 다른 나라와 달리 화강암 토양에서 자란다. 와이너리인 브륀들마이어는 화강암을 깎아 만든 계단식 밭에서 유기농으로 이 포도를 재배한다. 지금까지 마셔 온 와인과 다른 에너지는 이런 토양에서 비롯된 것이다.

와인 가운데 가장 맛있는 와인은 '남이 사준 와인'이라고 한다. 대체로 와인 가격이 착하지 않기 때문이다. 그런데 이날 깨달았다. 진짜 맛있는 와인은 누군가 여행을 가서 나를 떠올리고 현지에서 사서 여행 가방에 넣어 가지고 온 와인이라는 것을.

보통 750밀리리터 병에 담겨 있는 와인은 혼자 마시기에는 양이 많아 늘 누구와 함께 해야 한다. 그래서 와인은 자연스럽게 친구와 가족과 함께 잔을 기울이게 된다. 이 과정에서 우리는 스토리를 양산한다. 그런 스토리가 나의 끼니뿐만 아니라 내 삶을 환하게 만든다.

핑크빛으로
무장한
의외의 전천후

/

도멘 데 디아블 로제 봉봉

이탈리아 사람들은 자신의 역사와 문화에 대한 자부심이 남다르다. 와인 역시 예외가 아니다. 이탈리아가 20세기 프랑스의 양조술을 도입해 와인의 질적 도약을 이끌어냈지만, 아직도 이탈리아의 전통을 고집하는 와이너리가 적지 않다.

세계 모든 나라가 신봉하는 프렌치 오크통(바리크) 대신 슬로베니아 오크로 만든 전통적인 대용량 보티(1만 리터짜리가 있을 정도로 크다)를 쓰는가 하면 한술 더 떠 고대 로마 시대의 저장 방식인 임포라라는 토기를 이용해 와인을 저장하기도 한다. 임포라에 저장하면 와인은 오렌지색이 된다.

'고집쟁이' 이탈리아 사람들이 비판하는 프랑스 와인이 로제다. 화이트도 그렇다고 레드도 아닌 어중간한 와인을 프랑스인들이 상업적인 이유로 만들었다며 못마땅해한다. 이탈리아에서 요리 유학을 한 나도 이런 이탈리아 사람들로부터 영향을 받아 당연히 로제에 곱지 않은 시선을 갖고 있었지만, 이탈리아에서 만든 로제는 참 맛나다. 이율배반적인데, 미국이나 아시아에서 로제 와인을 좋아하기 때문에 만들 수밖에 없다는 것이 이탈리아 양조업자들의 이야기다.

하지만 로제가 한식과 상당히 잘 어울린다는 것을 알게 되어 가끔 로제를 마셨다. 내가 로제와 주로 즐겨 먹는 음식은 회다. 육고기를 즐기지 않는 내게 회는 갑각류와 함께 최고의 별식이다. 로제 와인은 원래 해산물을 즐겨 먹는 프랑스 남부 프로방스에서 유래했다. 화이트와인에 포도 껍질이나 적포도의 즙을 함께 넣어 발효시키는데, 이 과정에서 독특한 향과 맛을 갖게 된다. 이 독특한 풍미 덕에 스파이시한 한식에 잘 맞는다.

얼마 전 서울 이촌동의 만두 맛집에서 모임이 있었는데, 참석자 가운데 한 사람이 로제 와인인 프랑스 프로방스 로제 봉봉을 가져왔다. 프랑스 샴페인을 가져온 이들도 있었다. 만두에는 맥주를 주로 마신 나는 솔직히 이 와인들과 음식의 궁합이 걱정되었다. 그런데 로제 와인이 생각보다 만두와 잘 어울렸다. 뒤이어 시킨 문어숙회나 생선전과도 궁합이 좋았다. 그래서 그날 천하무적인 샴페인보다 저렴한 로제 봉봉이 훨씬 먼저 동났다. 로제의 기분 좋은 향과 색이 샴페인을 돌려세운 것이다.

봉봉은 프랑스어로 사탕이라는 뜻이다. 와인 색이 사탕에 어울릴 분홍색이어서 이런 이름이 붙었다. 하지만 로제 봉봉은 색깔은 물론이고 향도 강렬했다. 꽃향과 과일향, 소비뇽 블랑의 싱그러운 풀향도 났다. 6개월을 숙성해 산도와 바디감도 좋아 가벼운 여느 로제와는 사뭇 달랐다.

귀여운 이름과 달리 묵직한 존재감을 뽐내는 이 와인은 출발점부터 남다르다. 이 와인은 프랑스 남부의 토착 품종인 생소를 주로 쓰는데, 사용하는 포도의 70퍼센트는 100년 이상 된 나무에서 수확한다. 발랄한 색과 향이 노령의 포도나무에서 나온다는 것이 참 아이러니하다. 또 와이너리인 도멘 데 디아블의 밭은 생 빅토아르산의 높은 고도의 자갈 토양에 자리하고 있다. 높은 산도와 진한 미네랄 감의 비결이다. 산화방지제를 쓰지 않으려고 수확 후 드라이아이스를 사용하는 양조 기법도 신박하다.

나는 꽤 긴 시간 로제 와인의 가볍고 발랄한 핑크빛을 경계해왔다. 그러나 2006년 문을 연 신생 와이너리가 빚은 발랄하지만 묵직한 로제 봉봉의 핑크빛에서 와인에 대한 새로운 사유를 발견했다. 이 와인 덕분에 앞으로 프로방스 로제의 핑크빛을 핑크빛으로만 느끼지는 않을 것 같다.

응어리도
사라지는
품위 있는 달콤함
/
라 스피네타 브리코 콸리아

다른 사람이 좋아한다고 해도 내게는 내키지 않는 음식이 있다. 모스카토 와인과 벨기에 빵인 와플이 그랬다. 그런데 모스카토는 내가 다녔던 '외국인을 위한 이탈리아 요리학교(ICIF)'가 있는 아스티를 대표하는 화이트와인 품종이다. 얼마나 유명하면 '아스티의 모스카토'라는 뜻의 모스카토 다스티로 불릴까.

내가 모스카토를 좋아하지 않은 것은 당도 때문이었다. 내 입맛에 과하게 단데 알코올 도수는 낮았다. 사탕 같았다. 내가 좋아하는 와인의 성향과는 정반대다. 나는 드라이하고 잔당감이 없는 화이트와인을 좋아한다. 그래서 모스카토보다 꽃향기가 진한 아스티의 또 다른 발포성 와인인 브라케토가 더 좋았다.

와플을 꺼린 까닭도 비슷했다. 와플이 달고 흐물흐물하다고 생각했다. 바삭바삭한 크루아상이나 브리오슈를 좋아하는 내 기호와는 대조적인 빵이었다. 대학 시절, 여대를 다니던 친구들과 가끔 그들의 학교 근처 와플집을 다니면서부터 이런 생각을 갖게 되었다. 미국을 비롯해 해외에 나가서도 와플을 몇 번 먹어보았지만 느낌은 비슷했다.

이런 오래된 편견은 얼마 전에 깨졌다. 모스카토에 대한 생각을 바꿔준 것은 이탈리아 친구들이다. 내가 모스카토를 피한다고 했더니 이탈리아 북부 피에몬테 친구들은 내게 와이너리 라 스피네타의 모스카토인 브리코 콸리아를 소개해주었다.

이 와인은 모스카토로는 드물게 단일 밭의 포도로 만든다. 그래서 품위 있게 달다. 덜 단맛 사이로 꽃향과 과일향이 앞다퉈 밀려온다. 대량 생산으로 발포성 와인을 만드는 샤르망 방식을 쓰지만 거품이 전통적인 방식의 스파클링처럼 제법 정밀하다. 입에 머금으면 작은 들꽃이 입안에서 터지는 느낌이다. 내가 알고 있던 모스카토가 아니었다.

코뿔소와 사자가 그려진 라벨로 널리 알려진 라 스피네타는 1977년 와이너리의 문을 연 후발주자다. 이 와이너리는 모스카토로 시작해 그 뒤 피에몬테를 대표하는 바르베르스코와 바롤로를 빚었다. 최근에는 토스카나까지 진출했다. 모스카토는 물론이고 와이너리의 생산 와인 대부분이 각종 대회와 평론가들에게 높은 평가를 받는 대성공을 거두었다.

와플에 대한 편견을 깬 것은 아내 덕분이었다. 얼마 전 아내가 서울 여의도에 들렸다가 벨기에 사람이 가문의 레시피로 만든다는 이야기를 듣고 와플을 사 왔다. '와플이 와플이지.'라며 씹는 순간 와플에 대한 고정관념이 단박에 깨졌다. 이를 밀어내는 탄력과 버터와 설탕의 농밀한 향에 놀랐다. 뜨거운 와플의 맛은 달고 느끼한 것을 꺼려온 내게 색다른 즐거움을 선물했다.

음식에 대한 내 고정관념을 한순간에 무너뜨린 브리코 콜리아와 벨기에 와플은 내가 재충전이 필요할 때 애용하는 조합이기도 하다. 특히 강연이나 방송 출연 뒤 긴장이 쫙 풀린 밤에, 이 와플(특히 애플 시나몬을 좋아한다)과 브리코 콜리아를 함께 마시곤 한다. 간단하게 와플 한두 조각에 와인 한두 잔 하려고 시작하지만 이내 와플도 와인도 혼자 다 먹어버린다는 단점이 있기는 하다. 와플의 농밀한 단맛과 모스카토의 상큼함이 어우러지면서 마음속의 응어리를 완벽하게 녹여준다.

이 두 음식은 음식을 즐기는 사람이라면 선입견이 경계의 대상이라고 알려줄 뿐 아니라 '내가 나름 괜찮은 삶을 살고 있구나.' 라는 착각에 빠지게 만든다. 하지만 이런 착각은 추운 날씨 탓에 몸과 마음이 움츠러드는 이맘때 내게는 제법 유용하다.

2020년
빈티지 와인이 주는
위안

집 주변의 와인 숍이나 마트에서 2020년 와인을 어렵지 않게 발견할 수 있다. 와인 병에 찍힌 연도를 빈티지라고 하는데, 이는 포도가 수확된 해를 의미한다. 2020년 빈티지 와인이란 코로나19가 지구적으로 퍼져나가던 그해에 수확된 포도로 만든 술을 뜻한다. 전 세계가 봉쇄나 거리두기를 하던 그해 포도로 만든 와인이 과연 제 맛이 날까라는 의심이 들었다.

2021년 4월, 보르도 그랑 크뤼 연합(UGCB)은 2020년 빈티지 와인에 대한 선물거래 행사인 앙 프리뫼르를 진행했다. 보르도는 매년 초 전 세계 와인 전문가들을 불러 갓빚은 보르도 와인을 시음, 평가해 가격을 매겨 왔다. 2021년에는 코로나19 탓에 우편으로 수백 종의 보르도 와인 샘플을 전 세계 와인 전문가들에게 전달해 평가하는 방식으로 진행했다.

그 결과 2020년 보르도 와인은 '그레이트 빈티지'라는 평가를 받았다. 코로나19 탓에 와인에 대한 기대는 낮았지만 코르크를 따 보니 예상 밖의 결과가 나온 것이다. 심지어 유명 와인 평론가인 제임스 서클링을 비롯해 전문가들이 2020년 보르도 와인에 역대 최고 점수를 주었다. 세계 최대 와인 검색 사이트인 와인서처는 "전설까지는 아니더라도 2020년은 보르도의 또 다른 훌륭한 빈티지가 될 것"이라고 평가했다.

신대륙의 대표적인 와인 생산지인 미국 캘리포니아와 호주도 2020년은 악몽이었다. 두 지역은 코로나19에다 몇 개월 간 지속된 산불과 싸워야 했다. 호주는 6개월간 계속된 산불로 전체 포도 재배 면적의 25퍼센트가 불탔다. 그래서 2020년은 '산불 빈티지'라는 자조까지 나왔다. 하지만 2020년 호주와 미국 와인은 기대 이상이라는 평가를 받았다.

코로나19와 기후위기에도 불구하고 2020년 포도로 맛난 와인이 빚어진 비결은 두 가지였다. 먼저 어떤 작황에서도 최선의 와인을 만들어낼 수 있는 현대적인 양조 기술 덕분이었다. 두 번째는 가뭄과 홍수 등의 자연재해를 극복하는 포도 농장의 토양이 가진 고유한 힘이었다. 내가 편의

점 진열대에서 무심하게 잡은 2020년 와인은 역사적으로
수많은 지진, 전염병, 기후이변을 겪은 뒤에도 오뚝이처럼
다시 일어난 인간과 자연의 저력이 담긴 셈이다.

비싼 와인만이 좋은 와인이 아니다

좋은 사람과 맛있는 음식을 먹을 때

코르크를 딴 와인이 가장 좋은 와인이다